Armin Kaster

Street-heart

DANKE
PING
PONG

Bibliografische Information der Deutschen Bibliothek
Die Deutsche Bibliothek verzeichnet diese Publikation in der Deutschen Nationalbibliografie; detaillierte bibliografische Daten sind im Internet über *http://dnb.ddb.de* abrufbar.

www.buchverlagkempen.de

1. Auflage, Kempen 2015

Nach der neuen deutschen Rechtschreibung

Lektorat: Marleen Scharninghausen, BVK / Hans-Jürgen van der Gieth, Kempen
Umschlaggestaltung: Christine Anuschewski, BVK, unter Verwendung der Grafiken © Lera Efremova / Shutterstock.com (Herz, Flecken), © donatas1205 / Shutterstock.com (Mauer) sowie des Fotos von Armin Kaster (Mädchen)
Gestaltung: Christine Anuschewski, BVK
Grafiken / Foto: © Lera Efremova / Shutterstock.com (Herz, Flecken), Armin Kaster (Mädchen)
Schrift „Freight Train Gangsta“: © 2012 EpicDelusion™ (Wörter: Street, Feli, FAKE-E)

Druck / Bindung: GrafikMediaProduktionsmanagement GmbH, D-Köln

Printed in Europe

Best.-Nr.: LI98, ISBN 978-3-86740-644-4

Armin Kaster

STREET-heart

„Man darf nicht einmal dem Tod erlauben,
einen zu zerstören. Und er kann es nicht, wenn
man in dem lebt, was man erschafft."
Aidan Chambers
(in: „Worte sind nicht meine Sprache")

ERSTES KAPITEL

FELI

„Wie kommt Raoul dazu? Sag mal! Wieso macht er das?"
Danni erwartet allen Ernstes eine Antwort von mir.
„Weil er krank ist?", sage ich.
„Aber Feli, mal ehrlich, dass macht doch niemand einfach so."
„Ach nein?", entgegne ich. „Du glaubst, es gibt noch andere Gründe, mir an die Titten zu gehen?"
Danni ist durcheinander. Ich bin es auch. Denn mein Tritt in Raouls Eier war ziemlich heftig. Es passiert nicht alle Tage, dass ein Junge vor mir zu Boden geht. Schon gar nicht, dass er heult.
„Und was für Gründe sollen das deiner Meinung nach sein?", hake ich nach.
Danni scheint zu überlegen. Dann sagt er:
„Du siehst gut aus."
„Vielen Dank", sage ich. „Jetzt weiß ich, wie ich aussehe."
„Das meine ich nicht, ich wollte nur sagen, du bist ein Mädchen und …"
„Danni, hör auf. Du machst es immer schlimmer!"
Ich drehe mich um und lasse ihn stehen. Im Augenwinkel sehe ich Raoul mit Kai im Foyer

verschwinden. Raoul macht auf sterbenden Schwan und hat seinen Arm um Kais Schulter gelegt. Mit den Lippen formt er irgendwelche Worte, während ich ihm den Mittelfinger zeige. Vor fünf Minuten hat er mich angefasst. Und alle haben es gesehen, es war große Pause.
„Wart mal Feli!", ruft Kath, die von den Toiletten auf mich zugelaufen kommt. „Was war das gerade mit Danni?"
Ich zucke mit den Schultern und betrachte Kaths schwarze Locken, die sie mit ein paar Wäscheklammern hochgesteckt hat.
„Lass uns einfach das Thema wechseln", sage ich und gehe weiter.
Kath sieht mich mit ihren großen Mandelaugen an.
„Und Raoul?", fragt sie.
„Der ist mit Kai zum Heulen ins Sekretariat."
„Und *davor?*"
„Hab ich ihm in die Eier getreten."
„Ich war dabei, Feli. Du sollst mir sagen, wie es für dich war!"
„Hab ich vergessen …"
„Ehrlich, Feli, du musst darüber sprechen!"
Kath schnappt sich meine Hand. Und ich schüttle sie ab.
„Gar nichts muss ich."
Da sehe ich Danni über den Schulhof schleichen.
„So ein Weichei", spottet Kath.

Sie schnappt sich meine Hand, und ich schüttle sie ein weiteres Mal ab.
„Komm heute ins MEETS", sagt sie, „das wird dir guttun."
Das MEETS ist unser Club im Hafen. Also in dem Teil vom Hafen, wo es noch dreckig ist. Nicht der Teil mit den Restaurants und den Bars.
„Du weißt, was mir gut tut?", frage ich.
Anstelle einer Antwort sieht sie mich mit ihrem Therapeuten-Blick an. Den hat sie von ihrer Mutter. Die *ist* Therapeutin. Kath tut nur so.
„Ich komme. Aber ich hab noch was vor", erkläre ich ihr.
Kath holt tief Luft.
„Nicht das, was ich denke, oder?"
„Keine Ahnung, was du denkst …"
Kath ist genervt. Seit wir beim Sprayen erwischt wurden, findet sie Graffiti blöd – im Gegensatz zu mir …
„Du bist ein Mädchen!", sagt Kath.
„Hat Danni auch gesagt."
„Und glaubst du es?"
„Das ich ein Mädchen bin? Klar! Wo ist das Problem?"
„Du wirst mit Sicherheit erwischt."
„Ist das so bei Mädchen?"
„Nein, aber bei dir!"
Jetzt sehe ich Raoul am Fenster im ersten Stock. Er schaut in meine Richtung. Ich hoffe, der Tritt

hat ihm meine Meinung verdeutlicht.
„Ich will gehen“, sage ich.
„Und was ist mit Danni?“, fragt Kath.
„Bleibt, wo er ist, und stirbt irgendwann.“
Kath stößt einen Pfiff aus und grinst.
Es ist Nachmittag. Morgen ist Samstag. Und Kath wird mich bis zum Abend damit nerven, nicht zu sprayen. Aber ich habe längst die Kontrolle verloren. Seit ich das erste Mal gesprayt habe, hat es mich gepackt. Dabei kann ich nicht mal richtig zeichnen. Alle meine Versuche, ein halbwegs gutes Bild zu produzieren, sind gescheitert.
„Du siehst übrigens ziemlich scheiße aus“, stellt Kath fest.
„Vielen Dank auch …“
Weil ich wenig schlafe, habe ich tellergroße Augenränder. Ist meiner Mutter auch schon aufgefallen.
Ich hole ein Pfefferminzbonbon aus meiner Tasche. Seit ich Raoul in die Eier getreten habe, fühlt sich mein Mund wie eine alte Decke an.
„Ich wette, das hat ihn erst richtig heiß gemacht“, kichert Kath.
„Das ist nicht lustig!“, sage ich.
Am liebsten würde ich die Zeit zurückdrehen. Vor zwei Wochen hat mir Raoul im MEETS einen Drink ausgegeben. Es gab wirklich keinen Grund, das auszuschlagen. Ich war mit zig Typen im MEETS und habe unendlich viele Drinks bekommen.

Dass Raoul so daneben ist, konnte ich nicht wissen.
„Du sitzt echt in der Scheiße!“, sagt Kath.
„Äh … können wir das Thema bitte wechseln?!“
Kath hat sich eine Zigarette angezündet, die sie gleich wieder wegwirft. Sie hofft auf den Moment, in dem sie begreift, dass es beknackt ist, ständig Zigaretten wegzuschmeißen. Vermutlich die Idee von ihrer Mutter, wie sich Kath das Rauchen abgewöhnen kann.
Ich stecke mir den nächsten Pfefferminz in den Mund – wegen der Wolldecke.
Inzwischen sind wir bei der Bushaltestelle angekommen.
„Auch einen?“, frage ich Kath.
Wir steigen in den Bus. In der letzten Reihe sitzen ein paar Jungs aus der 10 und glotzen uns an. Unsere Strumpfhosen haben Löcher und mein Rock ist nicht ganz so kurz wie der von Kath, aber kurz genug für ihre Blicke. Ich weiß, dass sie auf Mädels stehen, die sie mit dem Arsch nicht ansehen. Deshalb starren wir die ganze Zeit zurück und lächeln zuckersüß. Das bringt sie früher oder später aus dem Takt.
„Noch mal wegen Raoul …“, sagt Kath. „Glaubst du, der kann so richtig fies werden?“
„War er schon“, sage ich.
„Und wenn er das wieder macht?“, fragt Kath.
„Dann bring ich ihn um.“

Ein Junge zwinkert mir zu. Ich zwinkere zurück und mache einen Kussmund.
„Feli, bitte!"
„Im Ernst, Kath. Ich bringe ihn um!"
Mich wundert, wie glasklar der Gedanke in mir strahlt. Als könnte ich es wirklich tun.
„Ich bin um zehn im MEETS", verkündet Kath beim Aussteigen.
„Und ich um 12 nicht mehr", rufe ich ihr nach.
Ich zeige dem Jungen den Mittelfinger und er dreht sich weg. Bis zu mir sind es noch zwei Stationen.
Da sehe ich das Bild zum ersten Mal. Es hängt an einer Hauswand und zeigt ein Mädchen mit langen Haaren und Mittelscheitel. Darunter die Buchstaben R.I.P. – Rest in Peace – Ruhe in Frieden. Es ist eine schwarz gesprühte Schablone auf einer gelben Hauswand. Und das Mädchen bin ich.

„Mal angenommen, Raoul kann sprayen", sage ich und starre Kath an.
Es ist sehr laut im MEETS und Kath verteilt ihr Lächeln im ganzen Raum. Es laufen eine Handvoll Typen rum, und Kath kann sich nicht entscheiden, wem sie ihre Aufmerksamkeit schenken soll. Also sendet sie sie an alle. So wie immer.
„Kath, stell's dir einfach mal vor!" Ich stupse ihren Arm. „Tust du das bitte mal?!"

Sie sieht mich an. Ich zeige ihr das Foto. Sie beugt sich über mein Handy.
„Ich finde keine Ähnlichkeit zu dir", sagt sie.
„Keine?"
„Eine kleine, o. k. Aber nicht so, wie du denkst, Feli. Hör auf damit. Das ist Paranoia! Du glaubst doch nicht im Ernst, dass Raoul ein Sprayer ist?!"
Ich zucke mit den Schultern.
„Und das R.I.P.? Wer denkt sich sowas aus?"
„Irgendwer! Aber bestimmt nicht Raoul. Nicht böse sein, Feli, aber Mädels mit langen Haaren gibt es ohne Ende. Du bist quasi Durchschnitt."
Es macht mir nichts, normal zu sein. Ich denke, die meisten sind normal, ich bin keine Ausnahme.
„Dann ist das ein völlig normales Mädchen, wie es Millionen gibt?", frage ich.
„Gena-hau!", zwitschert Kath und lächelt.
Ich folge ihrem Blick. Es ist ein Junge mit roten Locken. Solche Typen gibt es weitaus seltener als Mädchen mit Mittelscheitel.
Ich sehe mir das Bild noch einmal an und stecke mein Handy weg. Da kommt Raoul ins MEETS. Direkt auf mich zu. Ich strecke mich und sehe woanders hin.
„Das war scheiße", sagt er mit ruhiger Stimme.
„Verpiss dich!", schleudert ihm Kath entgegen.
„Mit dir rede ich nicht."
„Und sie nicht mit dir!" Kaths Augen funkeln.
„Hau einfach ab oder ich schreie. Hier laufen

jede Menge Typen rum, die was gegen Arschlöcher haben. Versuchs erst gar nicht."
Ich stehe auf und sage:
„Ich muss los."
„Nein!", ruft Kath. „Es ist erst halb elf!"
Raoul sieht uns abwechselnd an. Er will irgendwas sagen, doch da kommt Kai und zieht ihn weg. Ich sehe den beiden nach.
„Ich gehe", sage ich.
„Guck mal …" Kath deutet mit dem Kinn zur Bar. Der rote Lockenkopf lächelt sie an. Neben ihm steht ein anderer Typ, der auch lächelt.
„Die sind aber freundlich", sage ich und klopfe mit den Fingern auf den Tisch.
Kath ist genau da, wo sie sein will. Sie stützt ihr Kinn mit der Hand ab. Der Lockenkopf hat angebissen.
„Oh Mann, ist der süß …"
„Das erklärt so manches", sage ich mit tiefer Stimme, lächle und ziehe meine Augenbrauen hoch.
„Feli, hör auf, meine Mutter nachzumachen."
„Ich will gehen", sage ich.
„Und was mache *ich* dann?"
„Mitkommen. "
„Zu spät …", sagt Kath.
Der Lockenkopf nähert sich unserem Tisch.
Ich ziehe meinen Rucksack hoch.
„Ich bin dann mal weg", sage ich und schiebe mich an den beiden Jungs vorbei zur Tür.

Neben dem Glascontainer bleibe ich stehen. Ich will sichergehen, dass mir Raoul nicht folgt. Dann öffne ich den Reißverschluss meines Rucksacks und sehe mir die Dosen zum x-ten Mal an. Sie sind noch ziemlich voll. Weil ich nur kleine Sachen spraye, wird es für diese Nacht reichen. Kath wird das nie verstehen, schon gar nicht, seit wir von diesem Wichser erwischt wurden. Hat sich aufgespielt wie der Retter der Stadt. Es wäre Sachbeschädigung und was wohl unsere Eltern dazu sagen würden. Überhaupt würde er Mädchen wie uns am liebsten eine knallen, dann hätte es sich ausgesprüht, und noch mehr von dieser Scheiße. Als die Bullen endlich kamen, waren wir fast froh.

„Jetzt wart doch mal!"
Ich drehe mich um. Kath kommt über die Straße gelaufen.
„Du bist selbst hinter den Containern zu sehen", ruft sie.
Doch ich sehe Kath nur undeutlich, da meine Brille zu Hause liegt. Ich sollte eine tragen. Aber das ist nichts für mich, auch wenn alle sagen, es sähe sexy aus.
„Weißt du eigentlich, welches Opfer ich gerade für dich bringe?"
„Ein großes?", frage ich.
„Mehr als das!"

Wir schlüpfen durch den Bauzaun, hinter dem die alten Fabriken sind und laufen zu den Bahngleisen.
„Ich hab denen gesagt, dass ich gleich wiederkomme", sagt Kath.
Was soll ich dazu sagen. Ich will noch nicht zurück, die Nacht hat gerade erst angefangen. Außerdem habe ich Kath nicht darum gebeten, ihren Flirt für mich allein zu lassen.
„Lass uns mal hinsetzen", schlage ich vor.
Wir klettern auf eine Mauer und schauen auf die Bahngleise unter uns. Kath zündet sich eine Zigarette an und schnippt sie im hohem Bogen auf die Gleise.
„Warum ist Graffiti eigentlich so cool für dich?", fragt sie.
„Ich finde es nicht cool."
Kath fischt die nächste Kippe aus der Schachtel.
„Sondern?"
„Hat sich einfach so ergeben", sage ich. „Nur blöd, dass ich es nicht kann."
„Kenn ich vom Reiten."
„Du reitest doch gar nicht."
„Eben."
Ihr Feuerzeug ratscht, es knistert und qualmt, dann segelt die nächste Kippe nach unten.
„Ich hab eingesehen, dass es Dinge gibt, die ich mag und trotzdem lasse."
„Ich werde immer sprühen", sage ich.

Kath sieht mich an.
„Mach was du willst."
„Mach ich sowieso."
„Ist wegen Danni, stimmt's?"
Ich zucke mit den Schultern und sage:
„Kann sein ...", während ich an Danni denke. Ich kenne ihn ein Leben lang, aber so, wie er jetzt drauf ist, geht er gar nicht. Als ich ihn auf dem Hügel sah, kam mir die Idee mit dem Sprayen. Es durchzuckte mich wie ein Blitz. Ich sah Danni vor mir und dachte an ein rotes Herz, das in der Mitte zerrissen ist. So in etwa fühlte es sich an. Ich konnte ihm nicht einfach sagen: ‚Hey, wir sind wie Geschwister, hör auf, in mich verknallt zu sein!'.
„Ich will da runter", sage ich und zeige auf die Gleise.
In diesem Moment rauscht eine hell erleuchtete S-Bahn vorbei.
„Besser nicht ...", sagt Kath.
Aber da bin ich schon von der Mauer gesprungen und klettere an der Böschung runter.
„Pass auf!", ruft Kath mir nach.
Ich springe über die Gleise, als die nächste S-Bahn kommt. Ich schreie laut „Scheiße ...!", denn mein ganzer Körper vibriert von der Wucht der Bahn auf den Schienen. Ich habe Angst und bin hellwach, was sich total geil anfühlt.
Kath steht hinter der Mauer und sieht aus, als würde sie gleich weinen. Dabei tritt sie auf der

Stelle und schnippt die nächste Zigarette durch die Luft.
Ich zittre am ganzen Körper.
„Feli!“, ruft Kath. „Komm zurück!“
Ich öffne meinen Rucksack, hole eine Dose Schwarz raus, schüttle sie und sprühe ein Herz an die Mauer. Ein Herz, das in der Mitte zerrissen ist. Mit einer anderen Dose fülle ich die Herzhälften mit Rot und setze kurze Striche daneben, die das Herz zum Blinken bringen. Dieses Herz ist das einzige, was mir halbwegs gelingt. Als ich mich umdrehe, starrt mich Kath noch immer an. Ich packe die Dosen ein, ziehe den Reißverschluss zu und springe über die Gleise zur Böschung.
„Geht das jetzt immer so weiter?“, fragt sie, als ich wieder oben bin.
„Ja“, sage ich, „das geht jetzt immer so weiter.“
Sie legt mir ihre Hände auf die Schultern und sieht mich an. Ich ertrage diesen Blick nicht und fauche „Lass das!“, mache einen Schritt zurück und schüttle ihre Hände von meinen Schultern ab. Kath sieht ganz verloren aus. Sie dreht sich um und holt die nächste Kippe aus der Schachtel.
Gerade ist ein Zug an mir vorbeigefahren und hat jede Faser meines Körpers zum Beben gebracht. Und ich habe gesprüht, auch wenn es nichts Tolles war. Aber der Geruch von Farbe und die Wucht des Zuges machen mich an. Ich möchte das immer wieder spüren und nicht gebremst werden.

Und dann sage ich: „Kath, was soll der Scheiß?", und stelle mich neben sie.
Sie hält die Arme verschränkt. Mit Kath zu streiten ist nicht schwer, wir zicken uns ständig an, was daran liegt, dass sie behauptet, ich würde nichts sagen. Dabei rede ich mit ihr mehr als mit anderen Leuten. Definitiv!
„Ich finde es scheiße", mault sie. „Ich will mich nicht um dich sorgen. Oder willst du so enden wie der Typ letzten Monat?"
„Das war Selbstmord!"
„War es nicht! Der ist beim Sprayen von einer Bahn erwischt worden."
„Sagt wer?"
„Meine Mutter."
„Und die weiß das?"
„Ihr Freund weiß das."
„Deine Mutter hat einen … Freund?"
Kath hebt den Mittelfinger. Aber sie muss dabei lachen.
„Enrico hat gesagt, dass da Dosen lagen, mit denen gesprayt wurde."
Ich nehme Kath die Zigarette aus der Hand. Anscheinend hat sie vergessen, dass sie nicht mehr rauchen will.
„Der Typ war auf unserer Schule. Was sagst du dazu?", fragt sie.
Ich reiße meine Augen auf.
„Deine Mutter hat was mit 'nem Schüler?"

„Ich meine den Toten, Feli! Der Typ, der überfahren wurde."
Sie nimmt sich die Kippe zurück.
„Frag mich mal, wer es war", drängt sie.
„Und?"
„Karim."
„Karim?"
Sie nickt, und ich sage:
„Ich weiß nur von einem Karim, und der ist letztes Jahr von der Schule geflogen."
„Genau der."
„Sicher?"
„Hundert pro! Enrico arbeitet bei der Polizei."
„Deine Mutter hat was mit 'nem *Bullen?!*"
Sie sieht zu Boden. Und grinst.
Ich frage: „Dieser Enrico … hat der was mit unserer Anzeige zu tun?"
Kath hält den Kopf noch immer gesenkt.
„Das ist nicht wahr!", rufe ich. „Sag, dass das nicht wahr ist!"
Weiter komme ich nicht. Denn ich muss lachen. Über Kath. Und vor allem über ihre Mutter, die wegen unserer Anzeige mit einem Bullen zusammen ist. Davor war es unser Schulleiter, weil Kath fast hängen geblieben wäre. Und als ihr Auto kaputt war, hatte sie was mit einem Autohändler.
Die Kippe fliegt nach unten und Funken wehen über die Gleise.
„Los, komm", sagt sie. „Ich will zurück ins MEETS."

„Keine Ahnung ..."
Ich atme stoßweise und reibe meine Handgelenke. Kai steht noch immer neben mir.
„Wir waren die ganze Zeit hier", sagt er. „Was willst du?"
Ich schiele zu Raoul. Er ist wieder auf den Beinen und steht jetzt neben der Tür. Dabei sieht er mich die ganze Zeit an.
„So ein Arschloch", zische ich.
Er hat Angst vor mir, aber gleichzeitig glotzt er mich wie ein treuer Hund an.
Kath hält den Kopf schräg und sieht mich an.
„Du leidest unter Verfolgungswahn, Süße!"
Mr. Locke zieht eine Augenbraue hoch und sagt:
„Ich hab gehört, du sprayst?"
Ich beachte ihn nicht.
„Wo sind eigentlich die anderen?", frage ich.
„Weitergegangen", sagt Mr. Locke.
„Und ihr habt auf mich gewartet?"
„Naja ...", sagt Kath und macht einen spitzen Mund. Dabei zieht sie die Augenbrauen hoch.
Es ist kurz vor halb zwei.
„Ich hab den Typen gesehen, der die Mädchenbilder sprayt", sage ich.
„Und wer ist es?", fragt Kath.
„Ich dachte, es wäre Raoul", sage ich.
Die Musik ist lauter geworden. Wir schweigen.
Ein Typ steht neben mir und fragt, was ich trinken will. Ich sehe, wie Kath sich eine rote

Locke schnappt und um ihren Finger wickelt.
„Nichts …“, sage ich und stehe wieder auf.
Da niemand einen Versuch macht mich aufzuhalten, werfe ich mir den Rucksack über und nicke den beiden zu. Kaths Schulter berührt Mr. Locke, und ich verlasse das MEETS.
Raoul hat Angst vor mir und gleichzeitig steht er auf mich. Aber er ist nicht der Typ, der mein Bild sprayt und mit R.I.P. zeichnet. Vor einem solchen Typen müsste ich Angst haben. Und obwohl das so ist, werde ich ihn suchen.

ZWEITES KAPITEL

FAK-E R.I.P.

Letzten Monat hat man seine Einzelteile von den Schienen gekratzt. So stelle ich mir das zumindest vor. Aber vermutlich lag er als blutiger Klumpen im Gleisbett, während die restlichen Stücke seines Körpers sonst wo waren. Habe mal gehört, dass die Leichenteile bei einem solchen Zugunglück über einen Kilometer weit verstreut sein können. Erschießen wäre besser. Denke ich und sprühe das R.I.P. für ihn. Immer wieder, auf die Wand vorm Bahnhof und dann über die Gleise, soweit ich komme. Seit er tot ist, ist hier alles klein und eng.

Deshalb sprühe ich. Seit einem Monat. Weil er so lebendig war und jetzt nicht mehr da ist. Für ihn sprühe ich.

R.I.P.

Mit einer schwarzen Dose.

Immer wieder R.I.P.

Und darunter mein Tag:

Fak-E.

Beim Sprayen vom Zug erwischt.

R.I.P.

Ich stand auf der anderen Seite.

R.I.P.
Du hast die Stadt schöner gemacht.
R.I.P.
Das ist mein Dank an dich.
R.I.P.
R.I.P.
R.I.P.
Immer wieder die drei Buchstaben, die dir gelten.
R.I.P.
Auf allen Wänden und Mauern und Brückenpfeilern. Entlang der Bahnlinie. Bis ans Ende der Welt.
R.I.P.
R.I.P.
R.I.P.
R.I.P.
R.I.P.
R.I.P.
R.I.P.
R.I.P.
Und mein Tag darunter:
Fak-E

Als ich ihn zum letzten Mal sah, hat er gelacht. Er stand hinter den Gleisen und hat gelacht. Dann kam der Zug. Und als der Zug vorbei war, stand niemand mehr auf der anderen Seite.
Ich hatte das Lachen noch im Gesicht. Das Rattern der Räder auf den Schienen war längst

verhallt. Ich lachte, als würde ich ihn gleich wiedersehen. Dabei hatte ihn der Zug längst fortgerissen.
Das stelle ich mir immer wieder vor – wie er über die Gleise geschleift wird. Seinen Körper hatte man einen halben Kilometer weiter gefunden.
R.I.P.
Wo immer du jetzt bist.
Fak-E

In den letzten Wochen gab es nur noch ein Motiv für ihn: das weiße Skelett mit dem schwarzen Affenkopf. Auf jede freie Wand hat er es gesprüht, ist auf Häuser geklettert, hat sich von Mauern fallen lassen und verschwand in der U-Bahn.
Überall in der Stadt sind seine Bilder. Er hätte nicht gewollt, dass mein R.I.P. in ihre Nähe kommt. Er wollte unsterblich sein. Doch jetzt ist er tot.
R.I.P.
Bei seiner Beerdigung wusste niemand, wer er wirklich war. Niemand außer mir. Ich war sein Freund. Ich war dabei, wenn er nachts durch die Stadt zog. Und als ich hinter dem Sarg zum Grab lief, sah ich neben der Kapelle ein Skelett mit grinsendem Affenkopf. Ich musste lachen.
Und fing dann an zu weinen. Das hatte er ohne mich gesprayt, davon wusste ich nichts.
Am Tag vor seinem Tod fragte ich ihn, was die ganzen Skelette mit Affenkopf bedeuten.

„Du denkst zu viel“, war seine Antwort.
Ich sagte:
„Sind Menschen für dich nur tote Affenzombies?“
Da sah er mich lange an. Und lachte schließlich.

Der Affenkopf neben der Kapelle hat ein Grinsen, das wie Zähnefletschen aussieht. Als ich vor dem schwarzen Erdloch stand und auf den Holzsarg sah, schlug mir das Herz bis zum Hals. So muss es für ihn gewesen sein, wenn er sprühte. Total aufgeregt und hellwach. Nur so konnten seine Bilder entstehen. Verrückt danach zu tun, was verboten und gefährlich ist.
Und so sprühe ich seit Tagen: Schnell, mit klopfendem Herz und zunehmend süchtig nach dem Kick, der mich weiter treibt und nicht zur Ruhe kommen lässt. Ich sprühe:
R.I.P.
Und.
Fak-E.

An der Mauer vor dem Bahnhof ist ein Affenkopf mit rotem Skelett. Er hat ein paar Sachen ohne mich gemacht, dass weiß ich. Ich kann ihn nicht mehr danach fragen. Er ist nicht mehr da.
Für immer nicht mehr.
Der Affe hat ein freundliches Grinsen. Ich bleibe vor der Mauer stehen und folge seinem Blick, hin zu einem Bild, das ich erst gestern in der Stadt

gesehen habe: ein Mädchen mit Mittelscheitel. Sie schaut ernst, fast traurig. Dafür sind ihre Augen wie Pfeile. Direkt neben dem Affen. Als würde das Mädchen von ihm angesehen.
Ich ziehe meine Dose und sprühe unter das Mädchen. R.I.P.
Das Mädchen würde ihm gefallen. Er mochte geheimnisvolle Mädchen. Ob sein Affe lächelt, weil das Mädchen da ist? Oder hat sein Lächeln das Mädchen angezogen?
Keine Antworten mehr.
Für immer nicht mehr.
R.I.P.
Wo immer du jetzt bist.
Fak-E.

Es geht ganz schnell. Ein Geräusch, ein Schatten, und alles ist plötzlich anders. Dann reagiert dein Körper wie von selbst, steht unter Strom, springt hoch, rennt weg. Es sind Reflexe, die dich bewegen.
Er stand immer unter Strom. Auch wenn wir in Sicherheit waren. Er war immer schneller als die Bullen. Die Hand mit der Spraydose an der Wand, die Aufmerksamkeit überall. Es genügte ein Geräusch, schon war er weg.
Seit ich sprühe, bin ich selbst so wach. Auch dann, wenn ich zu Hause bin.
Es genügt ein Geräusch, ein Schatten.

Gerade noch das Tag gesprüht.
Fak-E.
Dann weg. Über die Mauer. Und hinter mir ein Schrei:
„Scheiße!"

Ich laufe neben den Gleisen zum Rangierbahnhof. Alles ist in gelbes Licht getaucht. Vor zwei Monaten hat er einen ganzen Waggon mit Affenskeletten gesprayt. Ein Waggon ist was anderes als ein Bild an der Wand. Ein Waggon ist groß und steht da, wo Licht ist. Man kann dich überall sehen.
Wieso ist er überfahren worden? Er war immer so schnell!
Wo ist er jetzt?
Wie hört man auf, jemanden zu vermissen?
Zu viele Fragen.
„Scheiße!"
Ich habe den Schrei noch im Ohr.

Es hat lange gedauert, bis der Zug endlich zum Stehen kam. Ich bin weggelaufen, und später haben sie ihn gefunden. Ich stand auf der Brücke, umgeben von Gaffern. Irgendwer hatte die Polizei gerufen, und nach einer Weile waren die Bahngleise hell erleuchtet und überall liefen Leute rum. Als die Sanitäter mit einer abgedeckten Bahre zurückkamen, ging ein Raunen durch die

Menge. Mir wurde schlecht und ich musste kotzen.
Als es hell wurde, war's vorbei. Ich ging nach Hause. Mein Vater war schon wach, er stand auf der Terrasse und malte. Und ich hab mich ins Bett gelegt und bin sofort eingeschlafen.
Am Schlimmsten war es beim Aufwachen. Ich wusste erst nicht, was los ist. Dann traf mich die Erinnerung wie ein Schlag. In dem Moment wusste ich:
Er ist tot.
Ich lebe.
Das Leben ist ein Fake.
Ich. Bin. Ein. Fake.
Fake.
FUCK!
Fak-E.

DRITTES KAPITEL

FELI

Ich klettere an der Mauer hoch und lasse mich auf den Schotter fallen, überquere die Bahngleise und laufe weiter bis zu der Laderampe, wo samstags immer der Trödelmarkt ist. Am Ende der Rampe steht ein Stromkasten. Und dort finde ich das nächste Bild.

Meine Haare. Mein Mund. Meine Augen.

Kath kann sagen, was sie will, das bin ich! Mein Gesicht mit einer Schablone gesprüht.

Schnell nehme ich eine Dose Schwarz aus dem Rucksack, ziehe um das Bild ein Herz, und bringe den Stromkasten mit Rot zum Leuchten. Ich mache das, weil ich das Bild mag. Und ich mag das Bild, weil es nicht von Raoul ist. Das Bild ist von einem Fremden, und es ist seltsam, dass es einen Menschen gibt, der mein Bild an Wände sprayt.

Es ist auch schön, dass jemand sowas tut. Seltsam schön.

Als ich die Dose in den Rucksack legen will, höre ich hinter mir ein Geräusch.

Ich sollte weglaufen. Aber ich bleibe stehen, so wie damals, als wir von dem Wichser erwischt wurden und ich alles geschehen ließ, seinen

Klammergriff, den Mundgeruch und die Beschimpfungen.
„Das ist cool!“
Sagt.
Jemand.
Direkt.
Hinter mir.

FAK-3 R.i.P.

„Das ist cool.“
Vor mir steht ein Mädchen. Die langen Haare neben der Kapuze verdecken ihr Gesicht. Ob sie gleich aufspringt und verschwindet? Sie atmet flach und schnell. Wie ein lauerndes Tier. Aber etwas in mir weiß, dass sie bleibt.
„Auch das Rot“, füge ich hinzu.
Sie dreht sich um und sagt:
„Das Rot passt irgendwie.“
Es ist das Mädchen mit den langen Haaren!
Das Graffiti-Mädchen.
„Ich weiß, es ist nicht o. k.“, sagt sie schnell und sieht mich vorsichtig an. „Aber ich musste es machen. Es fehlte was.“
Ich sage „Hä?!“ und lache. Es ist ihr Bild, sie kann damit machen, was sie will. Sie müsste wütend auf mich sein. Wegen dem R.I.P. an ihren Bildern.
Stattdessen sagt sie:
„Ich hab dich an der Mauer gesehen.“

In der linken Hand hält sie eine Dose. Farbe klebt an ihren Fingern.
„Ich hab gedacht, es wären die Bullen“, sage ich. Wir sehen uns an. Aus der Ferne kommt ein Zug und sticht mit seinen Scheinwerfern in die Nacht.
„Meine Freundin meint, ich wär das nicht.“
Ich weiß nicht, was sie für einen Film fährt. Sie scheint ziemlich durcheinander zu sein. Das Bild ist so was von sie, ich verstehe nicht, was sie meint. Sie tritt von einem Bein aufs andere. Tausend Fragen flirren wie kleine Funken um ihren Kopf.
Plötzlich denke ich:
‚Er hätte sie gemocht!‘
So laut wie eine Stimme höre ich den Satz in mir. Und sage:
„Es ist für einen Freund!“
Ihr fällt die Dose aus der Hand und auf die grauen Steine, die den Boden bedecken. Ich denke, dass sein Blut noch immer an dem Schotter klebt, über den er geschleift wurde.
„Welcher … Freund?“, stammelt sie.
Jetzt ist das Funkeln weg.
Jetzt hat sie über sich ein Fragezeichen. So groß und mächtig, das es wie ein riesiger Ballon über ihr schwebt und jederzeit zerplatzen könnte.

FELI

Mir schlägt das Herz bis zum Hals. Ich sollte nicht sprayen, Kath hat recht. Ich werde immer erwischt.

„Das Rot passt irgendwie“, sage ich und drehe mich um. Und da sehe ich den Typen, der vorhin an der Mauer stand und der definitiv *nicht* Raoul ist.

Ich frage mich, warum er ein Bild sprayt, das mich zeigt. Vor allem komme ich mir total beknackt vor, weil ich sein Bild gecrossed habe.

„Ich weiß, es ist nicht o. k.“, sage ich. „Aber ich musste es machen. Es fehlte was.“

Das ist frech. Aber besser Ärger bekommen, als lügen und trotzdem Ärger bekommen.

Er sieht mich an. Als hätte ich einen Witz gemacht. Und dann sagt er nur „Hä?!“ und lacht. Ein ziemlich süßes Lachen. Und aus seinem Kapuzenpulli, der alles verdeckt, blinken zwei blaue Augen.

„Ich hab dich an der Mauer gesehen“, sage ich, weil ich irgendwas sagen muss. Ich bin aufgeregt und es flirrt in meinem Bauch. Um Himmels willen!

„Das warst du?“, fragt er. „Ich dachte, das waren die Bullen.“

Ich weiß nicht, ob er wütend ist, und schaue verunsichert umher, und als ich meinen Kopf ein wenig drehe und das Bild von mir am

Stromkasten registriere, sage ich:
„Meine Freundin meint, ich wär das nicht."
Super blöd. Ich bin einfach nur blöd. Denn ich habe keine Ahnung, was ich sagen soll, und rede einfach drauflos. Am besten verschwinde ich ganz schnell. Aber dann werde ich nie erfahren, warum er ausgerechnet mich als Vorlage für seine Bilder ausgewählt hat.
„Es ist für meinen Freund", sagt er plötzlich.
Klack. Mir fällt die Dose aus der Hand.

FAK-3 R.i.P.

Karims Tod frisst mich von innen auf. Ich versuche, dieses Tier zu verscheuchen, aber es gelingt mir nicht. Es frisst den ganzen Tag, seit Karim tot ist.
„Er ist tot", rutscht es mir raus.
Den Kopf etwas schräg gelegt, sieht sie mich an, als wäre ich nicht ganz bei Trost.
„Und was hat das mit mir zu tun?", fragt sie.
Ich ziehe die Kapuze tiefer.
„Er hätte dein Bild gemocht", sage ich.
„Du meinst *dein* Bild", sagt sie.
„Wieso meins?"
Sie lacht. „Dein Bild halt."
„Du meinst meine *Worte*."
„Naja …" Sie lächelt. „Die Worte und das Bild."
„Das kapier ich nicht …"

FELI

„Du meinst mein R.I.P.", sagt er.
Gut möglich, dass ich einem Psycho gegenüberstehe.
Plötzlich bekomme ich Angst. Ich hebe die Dose auf, die mir gerade aus der Hand gefallen ist und mache einen Schritt zurück. Es ist jetzt irgendwie komisch mit ihm. Ich meine, es ist Nacht, hier ist kein Mensch, und vor mir steht einer, der mein Gesicht überall als Graffiti sprayt und mit R.I.P. zeichnet.
Er sieht mich an.
„Wie heißt du?", fragt er.
„Und du?", entgegne ich.
Er zuckt mit den Schultern. Ist er wütend, dass ich sein Bild gecrossed habe?
Wenn ich ihm direkt ins Gesicht sprühe, hab ich ein paar Meter Vorsprung und komme bis zur Straße. Ich muss seine Augen treffen, alles andere bringt nichts. Hoffentlich ist die Cap nicht verstopft. Das wäre jetzt echt scheiße.
„Na komm schon", versucht er mich zu besänftigen und hält mir die Innenflächen seiner Hände hin. Typische Checker-Geste. „Wer bist du?"
Noch einen Schritt weiter und ich ballere ihm eine Ladung Farbe ins Gesicht. So viel kann ich gerade noch denken.

„Dein Bild ist gut!“, sagt er und macht einen Schritt auf mich zu. „Du kannst ruhig zugeben, dass du …“
Zzzzzsch!
Eine rote Wolke fliegt ihm entgegen. Es sieht fast schön aus, wie er vor mir steht und im farbigen Nebel verschwindet.
Er schreit „Scheiße!“ und geht in die Knie. Heute schon der zweite Typ.
Ich lasse die Dose fallen und renne los. Über die Gleise bis zur Mauer. Gleich werde ich Kath treffen. Niemand kann mir was, solange Kath in meiner Nähe ist. Kath wird mich in die Arme nehmen. Sie ist meine Freundin. Denke ich.
Und renne weiter.

FAK-E R.i.P.

Ich wische mit der Hand über mein Gesicht. Mit dem Ärmel meiner Jacke reibe ich zaghaft über meine Augen. Als ich merke, dass ich o. k. bin, stehe ich auf und blinzle vorsichtig. Ich kann sehen. Den Stromkasten, den Schotter, und als ich mich umdrehe und über die Gleise schaue, erkenne ich weiter hinten das Mädchen. Sie klettert über die Mauer. Ihr Rucksack liegt noch hier. Bis auf ein paar Dosen ist er leer. Auch in den Fächern finde ich nichts, was mir verrät, wer sie ist.

Es sind gute Dosen. Karim hatte die gleichen. Ich nehme die rote Dose, mit der sie mir ins Gesicht gesprayt hat und mache ein paar Sprühstöße. Flecken verteilen sich auf den Schotter. Wie Blut. Ich sprühe weiter und frage mich, warum sie so ausgerastet ist. Ich habe ihr nichts getan. Warum stresst es sie so sehr, dass ich von ihrem Bild weiß.

Ich drücke die Cap und sprühe eine rote Linie auf den Schotter. Der Streifen begleitet mich bis zur Mauer, und auf der anderen Seite über den grauen Beton, bis zur Straße. Dann schlüpfe ich durch das Loch im Zaun, lasse die Dose in meinem Rucksack verschwinden, ziehe die Kapuze und das Tuch ab und lege den Rucksack neben den Zaun.

Ich denke an Karim. Er wollte nach Berlin. Immer denke ich an ihn. Auch jetzt, nachdem mir das Mädchen ins Gesicht gesprüht hat.

‚Eine rote Linie von hier bis nach Berlin.'

Denke ich.

Und höre jemanden rufen.

Ich hebe den Kopf und sehe einen Typen mit Bart und rasiertem Schädel auf der Straße stehen.

„Gehört die Kleine zu dir?", ruft er.

Als ich den Kopf hebe und ihm ins Gesicht sehe, fängt er an zu lachen.

„Was haben sie denn mit dir gemacht?!"

FELI

„Ich hab ihn getroffen", sage ich. „Mitten ins Gesicht."

Kath sitzt unverändert neben Tom. Ihr Mund ist rot vom Küssen.

„Wen hast du getroffen?"

„Den Typen, der mein Bild sprayt."

Kath ist etwas langsam. Bestimmt sind ihre Leitungen blockiert. Ich helfe gerne nach.

„Der Typ, der das Bild sprayt, auf dem ich zu sehen bin. Verstanden?"

Tom lächelt, als würde er sich seinen Teil denken. Oder als wäre er erst gar nicht in der Lage zu denken. Aber vermutlich ist er einfach nur verstrahlt von der ganzen Küsserei. Kath hat diese Wirkung auf Jungs.

„Ich hab ihm ins Gesicht gesprüht, ins Ge-si-hicht!", versuche ich es noch einmal und wedele dabei mit meiner Hand vor ihren Augen herum.

Kath wird allmählich wach. Sie schiebt sich zur Tischkante und hebt eine Augenbraue.

„Mit rot", sage ich. „Er kam auf mich zu, und ich wusste plötzlich, er ist ein Psycho. Da hab ich ihm ins Gesicht gesprüht."

„In die Augen?", fragt Tom.

Ich nicke und drehe mich zur Bar. Ich habe Durst. Aber die Typen hinter der Theke räumen auf.

„Und jetzt?", fragt Kath.

„Wie – und jetzt?“
Der Kellner tut so, als würde er mein Winken nicht sehen. Kath schiebt mir ihr Colaglas zu. Ich leere es in einem Zug.
„Auf jeden Fall hab ich meinen Rucksack verloren“, sage ich rülpsend.
„Und was hat er gemacht?“
Kath ist aufgewacht.
„Naja, eigentlich nichts …“, sage ich. „Ich war mit ihm allein. Was hättest du denn an meiner Stelle gemacht?“
„Das Gleiche“, sagt Kath.
„Und was machst du jetzt?“, mischt sich Tom ein.
„Ich geh nach Hause.“
„Du schläfst bei mir“, sagt Kath.
„Ach ja? Und wo schläfst du?“
„Ich komme nach“, sagt Kath.
„Und das wäre dann wann?“
„Meine Mutter ist bei Enrico. Du kannst in jedem Fall vorgehen.“
Sie kramt in ihrer Tasche und legt mir ihren Schlüssel vor die Nase.

FAK-E R.i.P.

„War’n Ausrutscher“, sage ich und senke den Kopf. Ich brauche dringend einen Spiegel, etwas Benzin und einen Lappen. Dieses Zeug geht nur so von der Haut.

„Moment mal ..."
Der Typ winkt mich zu sich.
„War das die kleine Schlampe?", fragt er und zeigt auf mein Gesicht. „Hat sie das gemacht?"
Er schwankt zwischen Lachen und Wut.
„Wer soll das sein?", frage ich.
„Na komm schon! Die Kleine mit der kaputten Strumpfhose. Die rennt hier schon den halben Abend rum. Du kennst sie doch, oder? Die kam auch durch den Zaun da."
Ich starre auf die vielen Ringe an seiner Hand. Aus dem Club hinter ihm wummert Musik. Ein paar Leute stehen draußen und rauchen. Mir ist in seiner Nähe unwohl. Aber er wird mir nichts tun. Nicht hier.
„Also, dann", sage ich und will gehen.
Doch er sieht mich noch immer starr an.
„Die Kleine gehört zu dir", sagt er.
Ich bleibe vor ihm stehen, obwohl es sicher besser wäre, so schnell wie möglich zu verschwinden.
Schließlich ruft er „Hau ab!", und sieht zur Seite.
Ich zögere keine Sekunde und bin verschwunden.
Er stößt ein kurzes Lachen aus. „Was seid ihr nur für Wichser?!", brüllt er mir hinterher.

FELI

„Ist doch eigentlich ein schönes Abend!", stellt Tom fest.
„Schönes Abend?", frage ich.
„Er kommt aus Dublin", erklärt mir Kath ihre Neuerwerbung.
„Na dann … good buy!"
Ich stehe auf und bin dabei, das MEETS zum dritten Mal zu verlassen, als die Tür aufgeht, was ich erst nicht bemerke. Aber Kaths Gesicht verändert sich, sie hat die Augen aufgerissen und hält sich die Hand vor den Mund.
Und da sehe ich ihn.
Den Sprayer. Mit rot umrahmten Augen.
„Nein!", ruft Kath.
Ich drehe mich weg. Lasse mich vom Stuhl gleiten und will möglichst unauffällig zur Toilette. Doch meine Jacke bleibt am Stuhl hängen und reißt ihn zu Boden.
„Hoppla …", sagt Kath und springt zur Tür, während ich verschwinde.

FAK-E R.I.P.

„Ist geschlossen!", höre ich.
Ein Mädchen kommt auf mich zu. Sie hat einen großen Mund, ihr Gesicht ist umrahmt von dunklen Locken.

Ich dränge mich an ihr vorbei.
Doch da stellt sich mir ein Typ in den Weg, der genauso viele Locken hat, nur rote.
„Darf ich mal …?“, frage ich, komme aber nicht vorbei. Er lächelt und steht mir im Weg.
Ich nicke ihm zu, drehe mich um und sehe, dass der Laden komplett leer ist. Das Deckenlicht ist an und hinter der Theke höre ich es klappern.
Ein Kellner nickt mir zu.
„Geh dich waschen“, sagt er.
Ich gehe an dem Mädchen vorbei und bin wieder raus.

FELI

Das Männer-Klo scheint mir der sicherste Ort zu sein. Wenn er mich sucht, dann in der Frauentoilette. In der Schule bin ich ständig im Jungs-Klo, weil Kath immer sehen will, wie die Jungs pinkeln.
Nach einer Weile ist noch immer nichts passiert.
Da sehe ich ein Fenster über dem Waschbecken.
Ich klettere auf den Mülleimer, hangle mich auf einen Vorsprung und öffne es. Erst mal sehe ich nichts, weil es draußen so dunkel ist. Doch dann erkenne ich das gegenüberliegende Hafenbecken. Im Wasser spiegeln sich die Lichter der Bars und Clubs.
Nach ein paar Verrenkungen habe ich es geschafft und sitze im Fensterrahmen. Jetzt müsste

ich nur noch springen. Aber da sind bestimmt jede Menge Müllsäcke und Kartons. In schlechten Filmen gäbe es hier auch Ratten.
„Jetzt komm schon runter!“, ruft er.
Ein schwacher Schatten bewegt sich auf mich zu. Vielleicht sollte ich mal wieder meine Brille tragen, allein wegen dem Sprayen wär's gut, etwas mehr zu sehen.
„Auf keinen Fall!“, rufe ich.
Er lacht. So wie eben.
Am einfachsten wäre es, zurückzuklettern und durch den Laden zu verschwinden. Aber dann käme er wahrscheinlich außen rum und würde mich am Eingang abfangen. Also bleibe ich sitzen.
„Außerdem bist du wütend auf mich“, schiebe ich hinterher.
Wieder sein Lachen.
„Sicher?“
„Etwa nicht?“
Jetzt ist es still, bis auf das Rauschen von der Schnellstraße und ein paar Leuten, die singend durch den Hafen laufen.
„Du kannst auf die Tonne springen“, schlägt er mir vor.
Ich versuche diese Tonne zu entdecken.
„Wo ist die denn?“
„Äh … bist du blind?“
„Quasi.“

„Echt?“
„Ja! X-Dioptrien. Kannst du denn alles sehen? Ich meine, wegen der Farbe eben.“
Wieder Stille. Ich weiß ehrlich nicht, was meine Sprühaktion bei ihm angerichtet hat.
„Ich bin o. k.“, sagt er.
„Und sonst so?“
„Bin ich auch o. k.“
„Und warum stehst du dann da unten rum?“
Schweigen.
Ich versuche, mich an das wenige Licht zu gewöhnen. Immer noch Schweigen.
Dann sage ich:
„Ich kann hier noch 'ne Weile sitzen bleiben, ehrlich.“
„Und ich kann hier auch gut stehen“, antwortet er.
„Dann wär das ja klar.“
„Genau.“
„Gut.“
„Ja.“
Oh man, wie ätzend ist das denn jetzt?

FAR-B R.i.P.

„Ich kann natürlich auch zu dir raufkommen“, biete ich an.
Hinter ihr ist es hell und ich sehe sie als schwarzen Umriss, umrahmt von dem kleinen Fenster, in dem sie sitzt.

„Vergiss es“, faucht sie.
Gerade hatte ich noch das Gefühl, dass es ihr leid tut, mir ins Gesicht gesprüht zu haben. Doch jetzt ist sie ziemlich kratzig.
„Und warum trägst du keine Brille?“, frage ich, um das Thema in eine andere Bahn zu lenken.
„Geht's dich was an?“
Zack. Der nächste Kratzer.
„Ein bisschen schon“, sage ich.
„Und?“
„Mit Brille hättest du gesehen, dass ich dir nichts tun will.“
„Hallo?! Was würdest du denn machen, wenn jemand hinter dir steht, dessen Bild du eben erst gecrossed hast?“
„Du hast mein Bild gecrossed?“
„Äh … ja?!“
Ich weiß nicht, was sie meint.
Nach ein paar Sekunden sagt sie:
„Hab ich nicht?“
„Eigentlich nicht, nein!“
„Das Bild ist nicht von dir?“, fragt sie.
„Nein!“
Sie lacht.
„Und von wem dann?“
„Sehr witzig …“, sage ich.
Ich weiß noch immer nicht, was hier abgeht.

FELI

„Ich finde es auch komplett unwitzig", sage ich. „Oder fändest du ein R.I.P. unter deinem Gesicht gut?"

Nach einer halben Ewigkeit sagt er:

„Nein …"

Ich versuche zu erkennen, wie meine Chancen stehen, von hier zu verschwinden. Nach hinten ins Klo fallen wäre blöd, und runterspringen sowieso.

„Aber wer hat es dann gesprayt?", fragt er.

„Wir nähern uns der Kernfrage!", rufe ich und überlege, wie es wäre, wenn ich mich ganz langsam zurücksinken ließe, die Hände auf das Waschbecken legte und im Handstand eine Drehung machen würde. Ich bin eine gute Turnerin, das müsste eigentlich klappen.

„Lass das!", sagt er.

„Wieso?"

„Weil's ernst gemeint ist."

„Ich meine es auch ernst. Also? Wer war es?"

Er schaut zu Boden.

Und dann sieht er wieder hoch, und ich meine so etwas wie einen roten Schatten um seine Augen zu erkennen.

„Ich dachte, *du* hättest es gesprayt", sagt er.

„An dem Punkt waren wir bereits."

Ich gebe ihm zwei, drei Sekunden. Dann fasse ich zusammen:

„Du hast das Bild nicht gemacht. Ich war es auch nicht. Wer also dann?“

FAK-B R.i.P.

„Warum kommst du nicht einfach runter?“, frage ich.
„Und was hab ich davon, außer, dass du mir eine knallst?“
„Ich knall dir keine.“
„Ich an deiner Stelle würde das aber tun!“
In dem Moment geht das Licht aus. Und kurz darauf wieder an. Eine Stimme ist zu hören, und ich sehe, wie sie ihren Kopf nach hinten dreht. Mit gedämpfter Stimme höre ich sie sprechen: „Sag ihr, es ist alles in Ordnung. … Ja, es geht mir gut. Ich brauch nur was frische Luft. … Ja, ja, alles o. k., wirklich!“
Sie dreht sich wieder um.
„Der neue Freund von meiner Freundin. Kommt aus Irland.“
„Aha …?“
„Ja, das kann man sofort sehen.“
„Warum?“
„Wegen der Haarfarbe, nicht wegen der Locken. Die hat Kath auch. Und die kommt aus Frankreich, wo die Mädchen eher so aussehen wie ich. Sagt zumindest ihre Mutter. Und die ist Therapeutin und halb Italienerin, was in etwa erklärt,

warum Kath so viele Locken hat."
„Und du? Wie heißt du?", unterbreche ich sie.
„Ist das irgendwie wichtig?"
Sie hat schon wieder diesen Zickenton.
„Würde ich sonst fragen?"
„Vermutlich nicht ..."
Ich warte. Dann sagt sie:
„Feli. Und du?"
„Nenn mich Fak-E."
Sie lacht.
„Nenn mich Fak-E ...!"
Ihre Stimme ist plötzlich eine halbe Oktave tiefer und klingt wie der Weihnachtsmann.
„Findest du lustig, ja?"
„Nur etwas mackermäßig, aber nicht schlimm", sagt sie. „Feli kommt übrigens von Felicitas. Und das bedeutet soviel wie ‚Kind des Glücks', sagt meine Mams. Und die muss es wissen, weil sie Bücher schreibt."
„Tut sie das ..."
„Ja. Und sie backt Kuchen für das Café."
„Aha ..."
„Du musst mal ihren Schokokuchen essen."
„Muss ich?"
„Ja. Und jetzt sag doch mal, warum du dich Fak-E nennst!"

Feli

Ich quassele wie ein Wasserfall. Aber egal.
„Wie kommt man eigentlich dazu, sich Fak-E zu nennen. Klingt irgendwie depri. Soll das cool sein, oder hat das eine Bedeutung?“
Wenn mich nicht alles täuscht, scharrt er gerade mit den Füßen über den Boden. Oder gibt es hier wirklich Ratten?
„Willst du’s wirklich wissen?“, fragt er.
Ich sage „Ja!“, und warte.
„Dann komm runter. Ich finde es blöd, zu dir hochzusehen.“
„Hast du ein Problem damit?“, frage ich.
„Ja, mein Nacken tut weh.“
Scharr-scharr. Vermutlich eine Rattenfamilie mit 20 Babys.
„Und du bist dir sicher, nicht extrem sauer auf mich zu sein?“
„Natürlich bin ich sauer.“ Er lacht. „Aber ich lehne Gewalt ab.“
„Oh-ha! Und Rache auch?“
„Ja.“
Er lacht schon wieder, was ziemlich süß klingt.
„Bist du etwa Streitschlichter?“
„Nie gewesen.“
„Aber Klassensprecher. Gib's zu!“
„Auch nicht.“
„Tafeldienst?“

„Kennst du einen Sprayer, der Tafeldienst macht?“
Ich lache. Er auch.
„Und was sprayst du so?“, frage ich.
„Eigentlich nur das R.I.P.“
„Womit wir uns wirklich im Kreis drehen …“, sage ich, gefolgt von einem langen Seufzer.
„Und was jetzt?“, fragt er.
„Ich springe. Aber wehe, du fängst mich!“

FAK-3 R.i.P.

Mit einem Krachen landet sie im Müll.
„Alles klar?“, frage ich.
Um nicht asi zu sein, tue ich so, als wolle ich ihr helfen. Doch sie schreit: „Finger weg!“
Dann krabbelt sie aus dem Müllberg raus.
„Meine Hände haben in was Glibberiges gefasst“, ruft sie angeekelt.
„Riecht auch nicht besonders“, sage ich.
Und das ist noch untertrieben. Es stinkt!
Sie riecht an ihrer Hand und sagt „Ketchup“, springt auf die Beine und geht an mir vorbei zur Laterne an der Straßenecke.
Ich folge ihr und sehe, wie sie ihre Hand am Gras des Grünstreifens abwischt. Dann untersucht sie ihre Klamotten, zieht die Jacke aus, fährt mit der Hand über ihren Rock und die Strumpfhose und prüft schließlich ihre Haare.
„Hauptsache keine Tiere“, sagt sie. „Wir hatten

gestern eine tote Maus im Keller. Die roch wie Scheiße!“
Ich muss wieder lachen. Das ist neu. Seit Karims Tod hab ich kaum gelacht.
„Und? Hab ich dir eine geknallt?“, versuche ich sie aufzumuntern.
„Der Müll war wie 'ne Ohrfeige“, sagt sie und streicht sich ihre Haare aus dem Gesicht. „Du siehst aus wie ein Panzerknacker mit roter Binde.“
Die rote Farbe ist lächerlich. Zugleich denke ich an die rote Farbe auf dem Schotter.
An Karims Blut auf dem Schotter.
An die S-Bahn und an seinen Tod.
Ich sage:
„Ich nenne mich Fak-E, weil ich mir wie ein Fehler vorkomme. Der Fehler bin ich, weil ich lebe und mein Freund tot ist. Alles klar soweit?“
Ihr Mund ist leicht geöffnet. Sie scheint für einen Moment sprachlos zu sein. In ihren Mundwinkeln ist eine kleine Bewegung zu sehen. Sie lächelt und sagt:
„Keine weiteren Fragen!“
Dann hält sie mir die Hand hin und sagt:
„Das mit der Farbe tut mir leid.“

FELI

Er sagt:
„Ist o. k.“

Und nach ein paar Sekunden, in denen wir etwas verlegen schweigen:
„Was hast du eigentlich mit diesem Typen vom CLUB zu tun?“
„Du meinst den Tür-Affen?“
Er nickt.
„Wir mögen uns nicht gerade“, sage ich und will noch was hinzufügen, als Fak-E plötzlich „Da hinten!“ schreit und mich am Ärmel über die Straße zieht.
Wir laufen am CLUB vorbei und verschwinden durch die Zaunlücke. Ich denke ‚Nicht schon wieder‘, doch da sind wir auch schon auf der Betonplatte und sehen keine 20 Meter entfernt von uns einen Typen im Hoodi mit Rucksack.
Er steht vor der Mauer.
Mit einer Dose in der Hand.
Und in der anderen hält er eine Schablone.
Fak-E drückt mich auf den Boden und legt den Zeigefinger auf die Lippen.
Nach ein paar Sekunden nimmt der Typ die Schablone weg. Er steckt die Dose ein und macht einen Schritt zurück. Anscheinend will er sein Werk betrachten, was mir die Gelegenheit gibt, einen Blick darauf zu werfen.
Und dann sehe ich es: Mein Bild an der Wand.
Und deswegen stoße ich einen Schrei aus.
Was dazu führt, dass der Typ vor uns aus dem Stand über die Mauer springt und verschwindet.

Ich denke noch ‚Die Szene hab ich doch schon mal erlebt' und höre Fak-E „Ganz toll!" sagen. Er hat Recht. Wie bescheuert muss man sein, ausgerechnet jetzt zu schreien?!

VIERTES KAPITEL

Dieser Moment hat alles verändert: Sie steht vor mir, sieht mich an. Und während sie das tut, verstehe ich, dass ich sie verloren habe.
Das ist eigentlich alles.

Es ist ein paar Tage her.
Seitdem ist ihr Bild in mir. Sie sieht mich an, ihre Haare sind in der Mitte gescheitelt, ihr Mund ist leicht geöffnet, ihre Augen sind halb geschlossen. Sie wirkt abwesend, obwohl sie mich ansieht. Sie sieht durch mich hindurch.

Es ist Frühling. Der erste warme Abend auf dem Hügel vor der Stadt. Wir haben ein Feuer gemacht. Wir trinken und stehen in kleinen Gruppen zusammen. Noch ist es hell. Sie ist zusammen mit Kath und ein paar Typen da. Sie rauchen Pot. Es ist warm, und es wird die erste Nacht sein, in der wir keine Jacken brauchen. Zum ersten Mal in diesem Jahr. Sie trägt ein weißes Shirt. Sie lacht, raucht und unterhält sich. Es geht ihr gut.

Ich stehe vor ihr. Sie hat sich auf eine Kiste gestellt, um die letzten Sonnenstrahlen zu erwischen, ehe sie am Horizont verschwinden. Dann sieht sie mich an. In dem Moment, als die Sonne untergeht, sieht sie mir in die Augen, verharrt für ein paar Sekunden, und ich erkenne in ihrem Blick den Schatten, der mir sagt, dass ich sie verloren habe.

Die Haare sind ihr ins Gesicht gefallen und ergeben eine Linie bis über die Schultern. Ihr Mund, der eben noch gelacht und gesprochen hat, ist jetzt geschlossen. Kein Lächeln, keine Worte, nur ihre Lippen, die sich fast berühren. Als wäre sie verunsichert, einen Moment lang erschreckt.
Ich.
Habe.
Sie.
Erschreckt.
Denke ich.
Habe?
Ich?
Sie?
Verloren?
Wegen meiner Anwesenheit? Meines Wollens?
Wegen meiner Gefühle?

Sie steht vor mir, sieht mich an, sieht durch mich hindurch. Ich habe sie verloren. Es ist in ihrem Blick. Und dieser Blick zerreißt mein Herz.
Danach bin ich nach Hause gelaufen, um zu zeichnen. Die ganze Nacht habe ich gezeichnet:

Wie sie vor mir steht und mich ansieht.
Ein Blatt nach dem anderen. Immer wieder habe ich versucht, die Linie ihrer Augen, ihrer Nase und ihres Mundes, ihrer Haare und ihres Halses zu zeichnen.
Der erste Versuch war o. k. Danach wurde sie mir immer fremder.
Ich habe die Blätter mit Strichen und Linien gefüllt, den Bleistift gespitzt und neu angesetzt. Die Nase, die Augen, den Mund, das Haar, den Hals.

Als es hell wurde, taten mir die Augen weh. Ihr Blick brannte in mir. Er brannte einen Riss in mein Herz. Und ich wusste, dass ich zeichnen muss, solange ich das Brennen spüre. Dieses Gefühl durfte ich auf keinen Fall verlieren.

Und dann war sie da.
Plötzlich.
Wurde.
Ich.
Ruhig.
Und zeichnete mit gleichmäßigen Strichen. Ich hatte keine Angst mehr. Der Stift zog, wie von einer fremden Hand geführt, die Linien aufs Papier.
Ich bekam sie.
Zurück.
Für einen Moment.

Als ich am Mittag aufwachte, vergrub ich mein Gesicht ins Kissen und weinte.
‚Wir kennen uns doch ein Leben lang', dachte ich.
Auf dem Schreibtisch fand ich meine Zeichnung. Der Riss in meinem Herz.

Ich nahm die Zeichnung und verließ die Wohnung, kopierte sie, reduzierte alles Überflüssige, verstärkte die wichtigen Linien, vergrößerte das neue Bild und übertrug es auf Pappe. Die schwarzen Linien entfernte ich mit einem Skalpell. Ich schnitt das aus, was ihr Gesicht beschrieb. Was blieb, war ihre tote Hülle. Die Schablone eines Bildes.

In dieser Nacht fing ich an. Es sollte ihr Ende sein. Ich wollte sie mir aus dem Herzen sprühen.

Ich nehme die Dose.
Ich halte die Schablone.
Ich sprühe in die Lücken.
Ich ziehe die Schablone von der Wand.
Ich sehe sie.
Sie ist es.
Sie wird überall zu sehen sein.
Ich werde allen zeigen, wie sie mich ansah, als mein Herz zerriss.

FELI

„Für mich ist der krank. Oder findest du's normal, ein Bild von mir zu sprayen?"
Fak-E steht neben mir. Wir sind zurück am Stromkasten. Ich fische meinen Rucksack vom Boden, stecke die Dosen rein und sage:
„Das rote Herz sieht überhaupt nicht cool aus."
Doch Fak-E will davon nichts wissen.
„Dein Bild, das Herz und mein R.I.P. *sind* cool."
„Laber nicht. Das ist erst cool, wenn wir wissen, wer die Schablone sprayt."
„Dann sollten wir ihn suchen", sagt Fak-E.

FAK-E R.I.P.

Wir laufen zur nächsten Unterführung. Vermutlich hat der Typ diese Richtung eingeschlagen, weil der Weg von Büschen gesäumt ist, hinter denen er sich verstecken kann.
„Hast du eigentlich mal überlegt, ob der Typ nicht auch eine Typ*in* sein könnte?", fragt mich Feli.
Ich sage:
„Keine Ahnung. Aber welches Mädchen würde so was tun?"
„Darum geht's doch gar nicht", sagt sie. „Aber ist es nicht komplett komisch, dass ich automatisch davon ausgehe, dass es ein Typ ist?"
„Wundert mich nicht", sage ich.

Knapp 20 Meter vor uns gähnt die dunkle Unterführung.
„Wieso?"
Da ist er wieder, dieser Zickenton.
„Weil Mädels immer Angst vor Typen haben, die ihnen zu nahe kommen?", sage ich.
Feli bleibt kurz stehen.
„Hätte ich mir denken können. Du bist *doch* sauer, wegen eben. "
„Nein. Ich finde nur, ihr Mädchen liegt oft daneben, was uns betrifft."
„Ach, erzähl!"
„Hättest du einem Mädchen ins Gesicht gesprüht?"
Feli scheint zu überlegen, schließlich sagt sie:
„Ich trete Jungs auch mal in die Eier. Wenn dir das lieber ist … Also, wir können noch mal von vorn beginnen."
Die Unterführung ist noch ein paar Schritte entfernt.
„Das ist ja wie Ostern", ruft Feli plötzlich. „Guck mal!"
Mein Blick folgt ihrer ausgestreckten Hand und ich erkenne neben der Unterführung das nächste Bild mit ihrem Gesicht. Es ist nicht sauber gesprayt und dünne Farbstreifen laufen die Wand runter.
„Hatte es wohl eilig", sage ich.

FELI

Es wäre gelogen, wenn ich jetzt behaupten würde, Fak-E sei ein Arsch. Er ist kein Typ wie alle anderen. Damit will ich nicht sagen, dass Jungs immer Arschlöcher sind. Ich bin ja schließlich keine Therapeutin wie Kaths Mutter, die so etwas sagt, besonders dann, wenn der nächste Lover weg ist. Wie gesagt, Fak-E ist o. k. und ich kann mir Schlimmeres vorstellen, als mit ihm durch die Nacht zu laufen, um nach einem Sprayer zu suchen.

FAK-E R.I.P.

„Hier ist noch eins!"
Feli steht auf den Schienen am Ende des Tunnels, wo sie ihr Handy als Taschenlampe nutzt und gegen die Wand hält.
Die Gleise verlaufen in einer Kurve, die von Büschen verdeckt wird.
„Wir müssen von hier verschwinden", rufe ich und laufe durch den Tunnel zu ihr.
„Los, komm!", sage ich und ziehe sie ins Freie.
„Das ist auch so'n Dings, was ihr Typen gerne macht, oder?"
Feli reißt sich los.
Ich will gerade etwas dazu sagen, als eine S-Bahn hinter den Büschen auftaucht und direkt auf uns

zurast. Wir springen zur Seite, und ich starre auf die Fenster, hinter denen kein Mensch sitzt. Im Tunnel hätte uns der Zug erwischt. Ich spüre, wie das Tier ein weiteres Stück von mir zerreißt. Das macht die Nähe des Zuges.

FELI

Wir gehen weiter. Links und rechts sind Schallschutzwände, und an manchen Stellen befinden sich kleine Nischen, hinter denen Türen sind.
„Und du meinst, hier finden wir ihn?“, frage ich.
„Keine Ahnung. Aber irgendwo muss er ja sein.“
„Er kann überall raus“, sage ich. „Oder glaubst du, er tut genau das, was wir denken?“
„Ich glaube, wir sollten einfach mal weiter, ich hab nämlich keine Lust, dem nächsten Zug zu begegnen“, antwortet er.
Die Nummer mit dem ‚Es-ist-Nacht-und-fremde-Typen-sind-dann-gefährlich‘ ist nicht mehr. Fak-E kommt mir wie ein Beschützer vor, auch wenn ich keinen Beschützer brauche. Als er mir vorhin seinen Namen erklärt hat, war er mir sehr nahe. Keine Ahnung, wo das alles hinführt.

FAK-E R.I.P.

„Was ist eigentlich mit deinem Freund?“, fragt sie plötzlich.

Der Zug ist nicht mehr zu hören. Mir wird klar, wie knapp das gerade war.
„Was soll sein? Er ist tot."
Sie läuft neben mir. Es ist nicht leicht, sie nicht zu mögen. Wenn sie mich ansieht, sehe ich das Bild. Wer immer es sprayt, er kennt sie gut. Dieser Blick ist so einzigartig, dass er sie einfach kennen *muss*.
„Dein Freund … wie ist er denn gestorben? Ich meine, man stirbt doch nicht einfach so."
Es ist still. Sehr still. So still, dass ich nicht sprechen kann. Deshalb ist es gut, dass sie mich fragt.
Es tut mir gut, dass sie macht, was ich mich seit Tagen nicht traue zu tun. Sie spricht aus, was ich verschweige. Sie stellt Fragen.
„Er wurde überfahren", antworte ich. „Von einem Zug. Es stand in der Zeitung."
Sie sagt leise „Fuck …"
„Aber die Zeitungen haben nicht die Wahrheit geschrieben", erkläre ich weiter. „Es war kein Selbstmord. Die haben gelogen. Er ist überfahren worden, weil er nicht aufgepasst hat."
Es fühlt sich seltsam an, davon zu erzählen. In den ersten Tagen nach seinem Tod sprachen alle über ihn. Nur ich konnte nichts sagen. Ich durfte ihn nicht verraten. Das galt über seinen Tod hinaus.
Feli sieht mich an, als könnte sie nicht glauben, was ich sage. Schließlich fragt sie leise:
„Hieß dein Freund vielleicht Karim?"

Da springt mir das Tier ins Gesicht und beißt mir in die Augen.

FELI

War mir so rausgerutscht. Lag ja auf der Hand. Doch Fak-E schweigt erst mal. Ich sehe seine wachen, blauen Augen, er zwinkert nervös. Und mir wird klar, dass ich mit meiner Frage einen Volltreffer gelandet habe.
„Kennst du die Graffitis mit den Affenköpfen?", fragt er. „Die mit den Skeletten? Die sind von ihm. Karim hat sie gemacht. Ich weiß nicht warum. Aber er hat sie gemacht. Jede Nacht hat er gesprayt. Ich war immer dabei. Ein Jahr lang hab ich kaum geschlafen. Karim war längst von der Schule geflogen. Ich war immer mit ihm draußen. Auch als er …"
Er dreht den Kopf zur Seite.
Ich sage: „Tut mir leid …"

FAK-E R.I.P.

Mein Herz blutet, mein Bauch, mein Leben. Ich bin am Arsch. Ich werde leben, auch wenn es ein verfickter Fake ist, zu leben. Zu überleben. Er stand direkt vor mir. Er stand da, wo sein Tod war. Und ich bleibe am Leben. An mir hängt das Leben. Nur ein paar Meter von ihm entfernt.

FELI

„Das ist … ich weiß nicht … “
Stammel stammel. Mir fällt nichts ein. Fak-E ist plötzlich wie von einer Schutzhülle umgeben. Etwas Durchsichtiges, das meine Worte abprallen lässt.
Karim war sein Freund. Enrico hat Karim gefunden und Kaths Ma davon erzählt.
Enrico hat unsere Anzeige verschwinden lassen, weil Kaths Ma mit ihm zusammen ist.
Man könnte sagen, wir kennen uns – irgendwie.
Bleibt noch die Frage, wer der Psycho ist, der das Bild mit meinem Gesicht sprayt.

FAK-E R.I.P.

„Lass uns einfach weitergehen“, sage ich.
Feli nickt.
„Und wohin?“
„Dahinten ist die alte Mehlfabrik. Vielleicht ist er da.
„Ich brauch das eigentlich nicht …“, sagt sie.
„Aber willst du nicht wissen, wer er ist?“
„Doch, schon …“
Sie bleibt stehen und ist plötzlich ganz ernst.
Ich weiß nicht, was ich sagen soll. Ich hab in den letzten Wochen kein Wort über Karim verloren.
Also wiederhole ich:

„Lass uns einfach weitergehen.“
Sie nickt und macht einen Schritt nach vorne.
Und dabei lässt sie meine Hand nicht los.

FELI

Oh mein Gott! Was mache ich hier?
Nur mal so zur Situation: Es ist Nacht und ich laufe mit einem Typen, den ich vor ein, zwei Stunden das erste Mal gesehen habe und der wegen seinem toten Freund völlig fertig ist, Hand in Hand über irgendwelche Bahngleise und suche einen Psycho, der mein Bild sprayt. Keine Ahnung, warum ich seine Hand genommen habe. Und erst recht nicht, warum ich sie noch immer halte. Hat sich so ergeben. Aber ist ‚Hat sich so ergeben‘ schon Grund genug, es weiter zu tun? Wir kennen uns kaum. Außerdem habe ich Kath gewarnt, das Herzen reißen können.
Und er?
Sagt keinen Ton!
‚Ich bin total aufgeregt. Du ja anscheinend nicht‘, denke ich.
Und:
‚Mein Herz schlägt unnormal schnell. Deins bestimmt ganz ruhig.‘
Und:
‚Ich kippe gleich um. Du läufst locker neben mir her.‘

Und auch:
‚Meine Hand ist kalt und nass. Deine wäre ohne meine trocken und warm.'
Und dann sagt er plötzlich:
„Meine Beine zittern."

FAK-E R.i.P.

Keine Ahnung, ob ich sie jetzt küssen soll. Wir laufen über die Gleise und ich kann kaum atmen. Meine Wangen tun schon weh, weil ich vor Aufregung die ganze Zeit grinse.
„Echt wahr? Deine Beine zittern? "
Sie kichert.
Keine Ahnung, wie das laufen soll.
Küssen …

FELI

Ich lasse seine Hand los und stelle mich vor ihn.
Er sieht mich an. Eine Mischung aus Erstaunen und Traurigkeit.
Er ist wirklich aufgeregt! Aber er lächelt.
Und ich?
Muss über die rote Farbe an seinen Augen lachen, aber aufgeregt bin ich auch …
„Sollen wir weiter?", frage ich schließlich.
Er zuckt mit den Schultern.
„Wir können auch hier bleiben", sage ich.

„Oder über die Wand klettern. Aber das kannst du bestimmt nicht wegen deinen Zitterbeinen, stimmt's? Und dich tragen kann *ich* nicht."
Er sagt nichts. Ob er doch sauer ist? Wegen der Farbe? Aber das kann ich kaum erkennen, weil es hier zu dunkel ist. Überhaupt wäre eine Brille jetzt nicht schlecht.
Aber egal. Denn ich sehe, was ich sehen muss. Sein Gesicht nähert sich meinem Gesicht, wie in Zeitlupe und etwas schräg gelegt. Und als ich kaum noch atmen, geschweige denn denken kann: ‚Jetzt küssen wir uns!', ruft er „Da hinten!" und rennt weg.

FAK-E R.i.P.

Ich laufe zur Tür, wo gerade jemand auf die Gleise getreten ist und sofort verschwand, als er uns entdeckt hat.
Mit etwas Mühe kann ich die schwere Eisentür öffnen und erkenne einen Hang. Unten ist der Weg, der zur Mehlfabrik führt. In beiden Richtungen ist niemand zu sehen.
„War er das?"
Feli steht neben mir. Sie ist außer Atem.
„Ich weiß nicht."
„Und wo ist er jetzt?"
„Keine Ahnung."
„Und?"

„Und was?"
„Laufen wir ihm nach?"
In diesem Moment erkenne ich das Bild an der Tür. Felis Gesicht in Schwarz, an dem die frische Farbe in dünnen Bahnen herabläuft.
Sie ruft „Fuck!" und tritt gegen die Tür.
Dann stolpert sie den Hang runter, wobei sie mit den Armen wie eine Windmühle rudert.

FELI

„Es ist mir scheißegal, ob das ein Psycho ist", schreie ich. „Ich will jetzt wissen, *wer* das ist!"
Wir laufen über den Weg rüber zur Fabrik, die wie ein riesiges Tier vor dem sternklaren Nachthimmel steht.
Ich könnte kotzen bei dem Gedanken an diesen Typen. Ich bin so wütend, dass ich überhaupt keine Angst mehr habe.
„Denkst du nicht, wir sollten etwas vorsichtiger sein?", fragt er.
„Nein!"
„Und du glaubst auch nicht, dass wir in Gefahr sind?"
„Kann sein, kann nicht sein. Keine Ahnung. Was denkst du denn?"
Sofort antwortet er:
„Ein Stalker kann ziemlich nerven. Ich wär da vorsichtig."

„Dann solltest du nach Hause gehen!“, sage ich und könnte mich dafür sofort selbst ohrfeigen. Fak-E kann doch auch nichts dafür, dass ich so angepisst bin.
„Soll ich?“, fragt er.
„Ja, sollst du.“
„Und dann?“
„Dann bist du vor allem sicher. Auch vor mir.“

FAK-E R.I.P.

Ich hätte sie küssen sollen.

FELI

Er denkt jetzt bestimmt, dass ich rumzicke, weil er mich stehen gelassen hat.

FAK-E R.I.P.

„Hab ich was falsch gemacht?“
„Warum?“
„Weil du gerade komisch bist.“
„Hat nichts mit dir zu tun.“
„O. k.“
„...“
„Sollen wir weiter?“
„...“

FELI

Und er denkt bestimmt auch, dass ich so eine bin, die noch nie geküsst wurde. Ich schwöre, wenn er auf Mitleid macht, hau ich ab. Das ist mir zu blöd.

FAK-E R.I.P.

„Also, ich bin dabei, wenn du ihn suchst."
Feli sieht mich an.
„Sicher?"
Ich nicke.
„Wir sollten zur Fabrik", schlage ich vor. „In die andere Richtung führt der Weg zur Straße. Aber von da ist er vorhin gekommen. Außerdem hat die Fabrik gute Wände zum Sprayen. Warst du schon mal da?"
Feli wirkt nachdenklich. Sie sagt „Nö" und zuckt mit den Schultern.
Einen Moment lang zögere ich, ihre Hand zu nehmen. Dann lasse ich es sein und gehe weiter.

FELI

Dass er so lässig bleibt, ist gut, ich bin's ja eher nicht. Und Gnade dem Arschloch, der dieses Bild sprayt! Es ist nämlich total krank, so was zu tun. Mit jedem Bild fühle ich mich mehr verfolgt. Am

Anfang war es noch ganz spannend, aber während der letzten Stunden ist es ekelhaft geworden.
Da kommt eine Nachricht von Kath:

```
Ich bin zu Hause. Und du?
```

Ich antworte:

```
Alleine?
```

Es dauert eine Weile, dann schreibt sie:

```
Ja, Tom sagt, er will das nicht
so schnell.
```

„Alles klar?“, fragt Fak-E.
Ich nicke und tippe:

```
Ist das so in Irland?
```

Darauf kommt erst mal keine Antwort, und ich schreibe:

```
Ich bin mit Fak-E unterwegs. Alles
gut soweit!
```

Und zur Sicherheit füge ich hinzu:

```
Das ist der Sprayer mit dem roten
Gesicht. Hab mich vertan, er ist
o. k.!
```

Kath antwortet mit ein paar Smileys, die mir zeigen, dass sie abgelenkt ist. Normalerweise würde sie sich Sorgen machen.
Ich schicke ihr ein wummerndes Herz und mindestens 20 Kuss-Smileys, doch sie antwortet nicht mehr.
„Wenn wir hiermit durch sind, gehe ich zu Kath“, sage ich.

Fak-E ist vor mir stehen geblieben.
„Ist das das Mädchen mit den dunklen Locken?"
Ich nicke.
„Und wann willst du nach Hause?", frage ich.
„Irgendwann. Wenn's hell wird."
Ich sehe auf's Handy. 2.37 Uhr.
„In ein paar Stunden also?"
„Ja, in etwa."
„Machst du das immer so?"
„Mit Karim schon. Jetzt kaum noch."
„Aber mit mir?"
Er lacht.
„Sieht so aus ..."
Da kommt eine weitere Nachricht.

> Es tut mir leid. Ich wollte dich nicht erschrecken. Die Bilder sollten dir eine Freude machen.

FAK-E R.I.P.

Feli hält mir ihr Handy hin. In ihrem Gesicht ist eine Mischung aus Wut und Angst zu erkennen.
„Wer ist das?", frage ich.
„Na er!", sagt sie.
Ich schaue mich um, als würde irgendwo das Display eines Handys zu sehen sein. Er muss hier irgendwo sein. Und plötzlich bin ich mir sicher, dass er uns lockt. Mit seinen Graffitis.

FELI

„Ich weiß, wie wir ihn kriegen“, sagt er plötzlich.
Ich hab die Nachricht jetzt bestimmt 20 Mal gelesen. Und mit jedem Mal ist sie ekelhafter geworden. Wie kommt dieser Typ an meine Nummer?
„Und wie?“, frage ich.
„Wir gehen einfach weiter. Der Typ läuft uns eh nach. Und wenn wir in der Fabrik sind, sitzt er in der Falle. Ich kenne mich da gut aus.“
„Äh, was …?“
Ich bin abgelenkt, weil ich an was anderes denke. Diese Nachricht. Irgendwie kommen mir die Sätze bekannt vor. Also die Art, wie sie geschrieben sind.
„Als wir auf den Gleisen waren“, erklärt Fak-E, „da hat er sich gezeigt, damit wir das nächste Bild finden. Und an der Mauer war’s genauso. Ich denke, er will, dass du seine Bilder findest. Er lockt dich. Es ist ein Spiel.“
Ich sage: „Ja, sicher …“ und denke an die Art, wie er schreibt.
Es tut mir leid.
Ich wollte dich nicht erschrecken.
Die Bilder sollten dir eine Freude machen.
„Du bist nicht überrascht?“, fragt er.
Ich sage: „Äh, nein …“ und denke: ‚Leid tun. Nicht erschrecken wollen. Mir eine Freude machen.‘

Dieses Gesülze kenne ich. Und mit einem Mal ist mir alles klar.
„Wir können aufhören“, sage ich. „Ich weiß, wer's ist!“

FAK-E R.I.P.

Sie nimmt ihr Handy, wählt eine Nummer, und nach einer Weile sagt sie:
„Verfickte Mailbox.“
Dann hält sie das Handy hoch und fängt an zu schreien:
„Deine beschissene Mailbox ist angegangen! Von deinem beschissenen neuen Handy! Aber ich weiß, dass du hier bist! Ich warne dich! Wenn du jetzt nicht kommst, mach ich dich fertig! Ehrlich, du kriegst kein Bein mehr auf die Erde! Du bist erledigt, wenn du nicht *sofort* rauskommst!“

FELI

Ich frage mich, ob ich es besser finden würde, wenn es jemand anderes wäre. Dann könnte ich die Sache mit ‚Perverser stalked mich‘ abhaken. Aber ich glaube es nicht. Weil … in diesem Moment kommt jemand von der Fabrik in unsere Richtung.
„Wer ist das?“, fragt Fak-E und klingt nervös.

Ich verschränke die Arme. Ich kenne den Gang. Und vor allem kenne ich den schwarzen Hoodie, die dunkle Jeans und die hellen Sneakers.
„Bist du eigentlich *total bescheuert?*", schreie ich. Kurz vor mir bleibt er stehen, zieht die Kapuze vom Kopf und sieht zu Boden. Schon als Kind stand er so da, wenn er Scheiße gebaut hat.
Danni stammelt:
„Ich wollte dir eine Freude machen."
„Hat nicht geklappt", stelle ich fest.
„Es tut mir leid ..."
„Glaub ich nicht."
Danni hebt den Kopf. Ich sehe ihn an.
„Du bist ein Lügner!", sage ich. „Du hast es für dich getan! Für niemanden sonst! Und schon gar nicht für mich."
Seine Augen sind unendlich traurig. Aber er kann mir nichts. Es ist seine Sache. Es ist sein kaputtes Leben.
„Ich will deine Bilder nicht!", sage ich schließlich und mache einen Schritt zurück.
In der Ferne höre ich die Autos über die Schnellstraße fahren, und um uns herum wabert die warme Sommernacht.
„Ihr kennt euch also?", durchbricht Fak-E die Stille.
„Leider ja!", sage ich.
Danni schüttelt den Kopf.
„Feli ..."
Ich mache „Pff ..." und drehe mich weg.

Aber im gleichen Moment finde ich das zu schwach und löse meine Arme aus der Verschränkung. Und während meine linke Hand nicht weiß, wohin sie will, hebt sich meine rechte und landet in Dannis Gesicht.
„Sorry, das musste mal sein ...", sage ich, obwohl ich in diesem Moment gar nichts fühle, schon gar kein Mitleid.
Danni steht nur da und sagt nichts.
Den nächsten Schlag macht dann meine Linke. Aber sie trifft nur seine Haare.
„Arschloch!", zische ich und knalle ihm eine weitere Ohrfeige, jetzt wieder mit der rechten Hand.
„Ey, was soll das ...", Fak-E stellt sich hinter mich. Doch ich mache einfach weiter. Links, rechts, links usw.
Da berührt er meinen Arm und hält mich fest.
Ich werde sofort ruhig. Seine Hände fühlen sich ... gut an.

Ich sehe sie an. Es tut nicht weh, ihre Schläge in meinem Gesicht zu spüren. Auch dann nicht, als sie meine Nase trifft und das Blut ganz warm herausläuft.
Ihre Schläge sind nicht schlimm.
Ihr Blick war schlimm.
Jetzt ist er schön. Sie ist wütend. Wer wütend ist, der liebt. Wer liebt, kann sich nicht wehren.

Ich wehre mich nicht. Ich stehe still.
Da taucht der Typ hinter ihr auf und hält sie fest.

FAK-E R.I.P.

Ich halte sie fest. Ihre Arme sind weich und fest zugleich. Es fühlt sich gut an.
Da springt der Typ nach vorne und reißt mich am Hals. Ich stolpere, falle und lande auf dem Boden. Beim Versuch mich zu wehren, rolle ich zur Seite. Der Typ schiebt sich über mich, wobei mich seine hasserfüllten Augen fixieren. Blut tropft aus seiner Nase und die strubbeligen Haare kitzeln meine Stirn. Als ich denke, dass er mich loslässt, höre ich einen Schrei.

FELI

„Danni!"
Ich springe auf seinen Rücken und reiße ihn zurück. Er wehrt sich nicht. Er lässt sich von mir wegziehen und bleibt auf dem Weg liegen. Ich kenne ihn ein Leben lang. Doch seit er mich wie ein trauriger Hund ansieht, widert er mich nur noch an.
Und wie ich so halb unter ihm liege, wie mich sein ganzer Körper anekelt und ich trotzdem nichts anderes machen kann, als einfach nur zu liegen, trifft mich Fak-E's Blick. Er schaut mich fragend an. Und ich schaue zurück, als wäre da etwas, dass

zwischen uns ist und sich niemand in Worte zu fassen traut.

Ich liege in ihren Armen. Das Blut an meinem Mund ist warm. Mein Rücken wird von ihrer Brust gewärmt. Sie atmet in meinen Nacken. Ich möchte immer so liegen. Mit ihr.

FAK-E R.I.P.

Er hat die Augen geschlossen.
Sie ist hinter ihm und sieht mich an.
‚Sie sind ein Paar, das keins mehr ist', denke ich und reibe mir den Nacken. Dann stehe ich auf und strecke mich.

FELI

„Ich will, dass die Bilder verschwinden", sage ich zu seinem Hinterkopf.
Er atmet ruhig.
„Hast du mich verstanden?"
Er nickt. Ich schiebe ihn zur Seite und stehe auf.
„Und die drei Bilder sind definitiv *nicht* cool", sage ich zu Fak-E. „Zusammen schon gar nicht!"
Er zuckt mit den Schultern.
Mein Handy vibriert. Kath schreibt:

Ich kann nicht schlafen. Ich
denke an Tom. Was ist das für
eine Scheiße?

Ich tippe:

Danni hat die Bilder gesprayt.
Er ist hier.

Bei dir????

Ja, leider … :-(

Komm zu mir!

Ich will erst sehen, was passiert.

Feli!!! Was soll passieren?

Sag ich dir dann!

Soll ich kommen?

Wenn du willst?

Ich will aber zu Tom!

Dann geh hin!

Er will's aber nicht …

Sicher?

Nein … doch … keine Ahnung.

Ich stecke das Handy weg. Fak-E sieht mich an. Und Danni sieht zu Fak-E.
„Und jetzt?“, frage ich.
Fak-E grinst.
„Ist bestimmt komisch. Aber ich find die drei Sachen gut. Also zusammen sind sie irgendwie besser.“

FAK-E R.I.P.

„Ist nicht dein Ernst, oder?“
Feli schüttelt den Kopf.
„Doch, ist mein Ernst.“ Und an diesen Danni gewandt sage ich: „Deine Schablone ist gut.“
Er sagt: „Danke …“
Ich strecke ihm die Hand entgegen und er schlägt ein. „Ich heiße Danni. Sorry wegen eben.“
Ich sage:
„Fak-E“
„Ich fass es nicht!“, ruft Feli. „Was wird das hier?“
‚Gute Frage‘, denke ich und muss zugeben, dass mir irgendetwas an diesem merkwürdigen Typen gefällt. So seltsam das auch klingen mag, schließlich hat er mir gerade eine verpasst. Er scheint ähnlich wild zu sein wie Karim.

FELI

„Ich finde die Sachen cool“, sagt Fak-E. „Das Bild von dir, das Herz. Unc mit dem R.I.P. ist es auch getaggt.“
„Das wird nichts“, sage ich. „Das kannst du vergessen!“
Danni bekommt Froschaugen.
„Was für Sachen?“
„Geht dich nichts an“, sage ich.
„Du sprayst?“
Jetzt sieht er aus wie ein Mops.
„Geht dich nichts an!“, wiederhole ich. Und an Fak-E gewandt: „Und du bist jetzt bitte still!“
Ich möchte am liebsten weg. Es ist Nacht und ich stehe mit zwei Typen unter einem Himmel, der vor lauter Sternen zittert. Der eine will mich. Der andere hätte mich haben können, wäre nicht plötzlich der eine aufgetaucht. Und sollte mich nicht alles täuschen, beginnen sich die beiden jetzt zu mögen.
Und genau dieses hätte-wäre-wenn nervt, vor allem, weil ich nicht will, dass Danni etwas von meinen Sprayaktionen erfährt!
Ich tippe:

`Komm sofort!`

Die Nachricht ist raus.
Aber Kath ist nicht ON.
Scheiße!

FAK-E R.I.P.

„Wovon sprecht ihr?“, fragt Danni.
„Von deiner Schablone, meinem R.I.P. und von ihrem Herz“, sage ich.
„Herz …“ Feli schnauft verächtlich. „Das ist saupeinlich, mehr nicht!“
Ihre Augen funkeln.
„Und was soll das mit dem R.I.P.?“, fragt Danni schließlich.

FELI

„Ist wegen seinem Freund“, beginne ich zu zicken. Ich weiß nicht, wohin mit meiner Wut, dass Danni jetzt weiß, dass ich spraye. Und auch, dass Fak-E Dannis Sachen gefallen, ist scheiße.
„Der ist von einem Zug überfahren worden“, mache ich weiter. „Und weil er ihm eine Freude machen will, sprayt er überall R.I.P. Außerdem stand sein Freund auf Mädels mit langen Haaren. Deshalb hat er angefangen, die R.I.P.'s auch unter dein beschissenes Bild zu sprayen. Und jetzt denkt er, es wäre total cool, wenn mein Herz dabei wäre. So eine Art Dreiecks-Geschichte für Arme. Kannst du mir soweit folgen?“
Fak-E verzieht keine Miene. Und Dannis Mund ist leicht geöffnet.
‚Dreieck‘, denke ich ins Schweigen rein.

Da vibriert mein Handy.

    Wo bist du?

    Bei der Mehlfabrik im Hafen.

    Kenn ich nicht.

    Google es und komm!

    Meine Mutter ist hier.

    Na und?

„Das war mies", sagt Fak-E.

    Sie ist mit Enrico im Wohnzimmer.
    Ich komm, sobald er weg ist.

Ich starre aufs Handy. Es ist 3.12 Uhr. Fak-E hat Recht. Es war mies, und deshalb kann ich ihm gerade auch nicht in die Augen sehen.

„'Tschuldigung, war nicht so gemeint", brumme ich undeutlich.

„Das mit der Spraydose hast du auch nicht so gemeint."

‚Ach super, du bist ja doch sauer!"

„Und wenn schon …!"

Er wirkt cool, doch eigentlich ist er wütend.

Ich werde sie nie bekommen.
Ich hatte sie die ganzen Jahre.
Und jetzt ist sie weg.
Sie ist bei ihm.

FAK-E R.i.P.

Feli ist nett. Sie ist zickig. Sie sieht gut aus. Und ich werd nicht schlau aus ihr.
„Und was läuft bei euch so schief?", frage ich, weil ich irgendetwas sagen will.
„Ich brauch hier keinen Therapeuten", blafft sie. „Am besten vergessen wir, was war und gehen nach Hause. Ich kauf dir ein neues Shirt. Und die Farbe bekommst du mit Benzin ab. Das bezahl ich dir auch."

FELI

Mein Herz zerreißt. Ich könnte heulen. Als er mich angefasst hat, war das total schön. Warum bin ich so? Warum tue ich mir immer selbst weh?

FAK-E R.i.P.

„Lass uns ein Bild zusammen machen", sagt Danni plötzlich. „Ein einziges nur."

Ich schaue zuerst ihn, dann Feli an. Doch sie starrt auf ihr Handy.
„*Was* willst du machen?“, frage ich.
„Er will das machen, was du so cool findest“, sagt Feli, während sie tippt.
„Genau“, sagt Danni, „wir machen ein gemeinsames Bild. Was haltet ihr davon?“
„Nichts“, sagt Feli.
„Und du?“
Danni sieht mich an.
Ich zucke mit den Schultern. Ich weiß nicht, was das geben soll. Eben sind wir noch so rumgelaufen und waren irgendwie zusammen. Und jetzt zickt sie rum, keine Ahnung weshalb, was ich ziemlich daneben finde.
„Kommt, wir machen das einfach!“, bohrt Danni weiter. „Ich mach dann auch die anderen Bilder weg.“
Feli hebt den Kopf.
„Du willst einen Deal? Eins gegen alle?“
„Ja, eins gegen alle! Ich mache sie noch heute Nacht weg.“
„Wie viel sind das eigentlich?“, frage ich.
„An die 40 …?“
„Waaas?!“ Felis Schrei fliegt durch die Nacht.
„Kommt schon Leute, ein Bild zusammen.“
Danni sieht uns total aufgekratzt an. Der ist wirklich extrem.
Und ich sage: „Von mir aus …“

FELI

Ich tippe:

Das wird hier so ein komisches Dreiecksdings.

Und Kath antwortet:

Warum?
Danni will ein Bild mit Fak-E und mir zusammen sprayen.
Erst danach macht er die anderen Bilder von mir weg.

Ist der krank?

Klar!

Und was ist mit Fak-E?

Der ist wütend auf mich.
Und hängt sich an Danni.

Und was bist du?

Nicht wütend.

Sondern?

Keine Ahnung …

Feli!!!

Waaas!?

Du stehst auf den Typen. Das ist los!

Ich will sofort antworten, aber mein Finger bleibt irgendwie über dem Display hängen.

Dafür schreibt Kath:

Und du wehrst dich dagegen!

Ich sehe, dass sie noch mehr schreibt und warte. Dann:

Aber das wird dir nicht helfen. Denn gegen dein Herz kannst du nichts tun. Das schlägt einfach weiter, egal, wie du es findest, wie sehr du dich dagegen wehrst oder versuchst, es zu zerreißen. Und wenn es Fak-E ist, der dein Herz zum Schlagen bringt, dann ist das einfach so!!!!!!!!!!

Ich lese ihre Predigt. Mehrmals. Dann schreibe ich:

Und da bist du dir ganz sicher?

FÜNFTES KAPITEL

FELI

Wir laufen Richtung Stadt. In den letzten fünf Minuten haben sie das Piece geplant: Dannis Bild, umrahmt von meinem zerrissenen Herz, darunter das R.I.P. Die Jungs sind ganz begeistert und ich lese Kaths nächste Nachricht:

> Du musst Danni loswerden. Der ist liebeskrank. Und verletzt. Das ist gefährlich.

Ich stecke das Handy weg, weil ich beim Lesen ständig stolpere, und beschließe, dass Kath Recht hat. Sobald das hier vorbei ist, werde ich nach Hause gehen. Weg von Danni. Für die nächsten 99 Jahre.

„Ich kenn eine geile Wand", sagt Danni.

Die beiden laufen nebeneinander her und können es nicht erwarten, loszulegen.

„Und welche?", fragt Fak-E.

„Im Hafen."

„Wo im Hafen?!", frage ich.

„Überm TAFELSILBER", sagt Danni.

„Vergiss es!", sage ich. „Da auf keinen Fall."

Das TAFELSILBER ist das Restaurant direkt neben dem MEETS.

„Aber die Wand ist *cool*", sagt Danni.

Fak-E sieht mich aus den Augenwinkeln an. Wenn er jetzt sagt, dass er das auch cool findet, lasse ich die Sache platzen und übersprave Dannis Bilder selbst.
„Wo ist dein Problem?", fragt Fak-E.
‚Dass du mit Danni sprichst, anstatt mit mir allein zu sein', denke ich und laufe weiter.
Die Lichter der Stadt kommen näher, das Geräusch der fahrenden Autos wird lauter. Und dann sagt Danni im Tonfall eines trotzigen Kindes:
„Ich will es aber da machen, wo was los ist!"
„Dann geh doch zum Bahnhof!", werfe ich ihm angenervt an den Kopf.
Stille.
Ich bleibe stehen.
Beide sehen sich an und nicken.
„Nee, ne?", sage ich.
Doch die Entscheidung ist gefallen.

FAK-E R.i.P.

Wir nehmen den seitlichen Weg an den Gleisen entlang, über den wir zu den Bahnsteigen kommen. Ich bin diesen Weg x-mal mit Karim gelaufen. Es ist ein sicherer Weg.
„Du meinst also die große Uhr?", frage ich noch mal, um sicher zu gehen, dass ich verstanden habe, was Danni meint.

„Das ist der krasseste Ort für ein Piece“, sagt Danni.
„Das ist kein Piece, das ist Schrott!“
Feli ist hinter uns. Und Danni tut so, als hätte er sie nicht gehört und sagt:
„Es gibt an der Seite eine Leiter. Die Sache dauert keine zwei Minuten. Jeder macht sein Ding und fertig.“
„Aber da laufen unendlich viele Leute rum“, sage ich.
„Wo ist dein Problem?“, fragt Feli. „Ist doch nur der Hauptbahnhof …?!“

Wir sind am Bahnsteig. Danni springt rauf. Feli steht hinter mir.
„Tut mir leid“, sagt sie.
„Was genau?“, frage ich.
„Weiß nicht“, sagt sie. „Das Ganze hier. Ich bin irgendwie … Keine Ahnung.“
„Schon o. k.“, sage ich und will Danni folgen, als sie mich festhält.
„Fak-E …?“
Sie kramt in ihrer Tasche.
„Sag mal deine Handynummer.“
Ich sehe sie an. Es flirrt sofort in meinem Bauch.
So einfach ist das. Ich sage:
„017723 ….“
Sie tippt und fragt:
„Hast du auch einen richtigen Namen?“

Ich zucke mit den Schultern, sage „Klar …“ und springe nach oben auf den Bahnsteig.

Wir machen ein Bild. Dann ist es vorbei.
R.I.P., ihr Gesicht, ein zerrissenes Herz.
Kreuz, Anker und Herz.
Glaube, Hoffnung und Liebe.
Ob das jemals aufhört?

FELI

Fak-E geht zu Danni und zeigt auf die Uhr.
„Da rauf, ja?“
Überall sind Leute. Ein paar Typen liegen auf den Bänken und schlafen.
„Wegen mir nicht“, sage ich.
„Ich fang an“, ruft Danni. „Und ihr macht weiter.“
Er hat es plötzlich eilig, läuft voraus, und Fak-E trottet hinterher. In den letzten Minuten ist er still geworden. Ich weiß nicht, was ich davon halten soll. Er ist so abweisend.
„Los, kommt!“
Danni weckt einen Penner auf, der neben einem Rucksack liegt und verschlafen blinzelt.
‚So einer ist gefährlich‘, erinnere ich mich an Kaths Worte.
Sie hat Recht. Aber sie hat auch Angst. Und ich

laufe weiter und denke als Nächstes, dass ich nicht die Ängste der anderen haben will. Dass ich mein eigenes Ding machen will.
Ich stelle mich vor Danni.
„Also, los?“
„Ja …“, sagt er und sieht weg.
Als Kind hat er so geguckt, wenn er nicht wusste, was er tun soll. Dann hat er gelächelt. Ich kenne Danni besser als jeden anderen Menschen auf der Welt. Er ist liebeskrank, vielleicht. Aber er hat ein Herz aus Wachs. Das zerreißt nicht, das schmilzt. Und verbindet sich neu. Nur wer ein echtes Herz hat, kann daran sterben, wenn es reißt. Ich spraye zerrissene Herzen. Aber es ist nicht Dannis Herz, das ich meine. Und es ist auch nicht mein Herz, das wegen Danni zerrissen wäre. Es ist meine Art, mich zu verabschieden. Von ihm. Und von unserer Kindheit. Unser gemeinsames Herz ist in zwei Hälften gerissen.

Da bemerke ich, dass Fak-E mich ansieht. Die ganze Zeit schon.

FAK-E R.I.P.

‚Er hätte sie gemocht‘, denke ich zum x-ten Mal. Aber das stimmt plötzlich nicht mehr. Denn *ich* mag sie.
Sie sieht mich an und wirkt auf einmal ganz zart.

Und dann lächelt sie.
R.I.P. Karim!
Mein Leben geht weiter. Ohne dich.
„Also los!“, sage ich.

FELI

Die beiden wirken ziemlich nachdenklich. Sie haben Ränder unter den Augen. Naja, Fak-E sowieso, und Danni sieht auch fertig aus.
Über mir ist die Bahnhofsuhr. Ein Mordsteil, bestimmt drei Meter groß. Wenn der Minutenzeiger umspringt, wippt er noch ein, zwei Sekunden nach, ehe er stehenbleibt.
Danni hockt sich hin und kramt aus seinem Rucksack ein gefaltetes Stück Pappe hervor.
„O. k., dann los“, sagt er, steckt sich eine Dose Schwarz in die Hosentasche und geht zur Leiter.
Fak-E steht so rum. Ich auch. Und dann klettert Danni hoch, wie eine Katze, blitzschnell, erreicht einen kleinen Mauervorsprung und balanciert bis zur Mitte der Wand. Über ihm hängt die riesige Uhr, von unsichtbaren Lampen angestrahlt. Er hält die Schablone an die Wand und sprüht. Nie hätte ich gedacht, dass Danni so was macht. Wir waren ein Herz, wir wussten eigentlich immer, was der andere tut. Zumindest dachte ich das. Bis jetzt.
Und zugleich denke ich: ‚Wir tun immer noch das Gleiche.‘

Keine Minute später ist er fertig und klettert wieder runter. Niemand hat ihn gesehen.
Und ich sage zu Fak-E:
„Äh, sag mal, das Bild ist doch viel größer als die anderen."

FAK-E R.I.P.

Feli wedelt mit der Hand vor meinen Augen rum.
„Äh, sag mal, das Bild ist doch viel größer als die anderen."
Ich sage: „Was denn?"
Gerade habe ich gedacht ‚Es ist schön, dass sie meine Handynummer hat'. Wenn sie mir schreibt, werde ich auch ihre haben.
Feli lacht.
Ich sehe zur Uhr. Ihr Bild ist mindestens doppelt so groß wie die anderen Bilder.
Ich drehe mich zu Danni, der wieder da ist.
„Hast du eine andere Schablone genommen? Das Bild ist doch viel größer?!"
„Um Himmels willen", stöhnt Feli und schlägt sich vor die Stirn.

FELI

Fak-E ist müde. Das ist jetzt ganz klar. Einfach nur müde. Ich sollte nicht anfangen, Dinge zu sehen, die nicht da sind. Fak-E ist nicht seltsam. Und

auch nicht abweisend. Er ist müde.
„Fall nicht runter!", rufe ich ihm nach, als er zur Leiter geht.
Danni steht etwas abseits.
„Die Schablone kommt übrigens auch weg", sage ich und zeige auf die dünne Pappe, die Danni noch immer in der Hand hält. „Zusammen mit der anderen, klar?"
Er sieht mich an.
„Erst sprayst du das Herz", sagt er und faltet die Schablone sorgfältig zusammen, steckt sie in den Rucksack und legt den Kopf in den Nacken.
Er gibt sich cool, was für meinen Geschmack etwas übertrieben ist, aber in Ordnung, solange er sich an unseren Deal hält: Ich spraye das Herz, er zerreißt die Schablone.
Fak-E ist jetzt auf dem Mauervorsprung.
„Und warum willst du das Herz mit dem R.I.P.?", frage ich.
Danni zuckt mit den Schultern.
„Weil's gut aussieht?", sagt er.
„War das so geplant? Ich mein, denkst du da schon länger drüber nach?"
Er sieht mich an. Und sagt:
„Nein ..."
Und so wie er es sagt, glaube ich ihm. Lügen kann er nicht. Und dann frage ich endlich, was ich eigentlich schon die ganze Zeit wissen will, mich aber nicht zu fragen traue:

„Seit wann weißt du eigentlich, dass ich spraye?“
Er lächelt. Mir wird etwas schlecht und mein Herz beginnt zu wummern.
„Ich hab dich gesehen, als du die Dosen im Baumarkt gekauft hast“, sagt er. „Dann bin ich dir zur Turnhalle gefolgt.“
Ich drehe mich um und mache ein paar Schritte über den Platz. Danni hat mich beim ersten Mal gesehen. Und ich dachte, es wäre für mich allein gewesen.
Im Augenwinkel sehe ich Fak-E. Er beginnt, zu sprayen. Zieht die erste Linie, dann den Halbkreis und den schrägen Strich vom R.
„Hast du mich öfter verfolgt?“, zische ich, als ich wieder neben ihm stehe.
„Ein paar Mal“, sagt er.
„Wie oft?“
„Keine Ahnung … fünf-, sechsmal.“
„Auch als die Bullen da waren?“
„Da auch …“
Unser Herz ist zerrissen. Das war mir noch nie so klar, wie jetzt.

FAK-E R.i.P.

Ich setze den letzten Punkt und muss darauf achten, einen sicheren Stand zu halten.
Feli ist über mir. Sie ist dreimal so groß wie in Wirklichkeit. Aber ihr Blick ist der gleiche. Ich

erkenne sie. Und zugleich ist sie mir fremd.
Dieser Blick ist so schön und so traurig, dass er mir weh tut. Ich kann nicht genau sagen, warum, aber da ist ein Schmerz in ihrem Blick, der mir Angst macht. Etwas, das ich nicht verstehe und trotzdem haben will. Immer mehr.

FELI

„Sag mal, bist du bescheuert?"
Ich weiß, das bringt nichts. Danni macht eh was er will. Aber ich schreie trotzdem.
„Kannst du dir in etwa vorstellen, wie widerlich das ist, gestalkt zu werden?"
Kopf gesenkt. Schultern hängen. Loser-Danni pur.
„Kannst du?"
Ich schubse ihn vor die Schulter.
Er torkelt und sagt: „Ich weiß nicht. Eigentlich nicht."
„Natürlich nicht!", schreie ich. „Du weißt gar nichts! Du denkst ja eh nur an dich!"
Ich stoße einen Schrei aus. Das mache ich sonst nie. Aber ich bin dermaßen geladen, dass ich mich nicht mehr unter Kontrolle habe. Dazu gehört auch, dass ich mir vor den Kopf schlage.
Fak-E kommt über den Platz. Er sieht mich an. Keine Ahnung, was er denkt. Vermutlich das Richtige. Denn er nickt, als ich zu Danni sage:
„Mit dir bin ich fertig!"

FAK-3 R.i.P.

Feli zittert am ganzen Körper. Sie ist total wütend.
„Könntest du dich bitte darum kümmern, dass er diese Scheiß-Schablone zerreißt, wenn ich fertig bin“, sagt sie.
Danni glotzt auf den Boden, während Felis Augen hin und her huschen und sie ständig kleine Schritte auf der Stelle macht.
„Vertrau mir“, nuschelt Danni.
„Fick dich!“, sagt Feli und rauscht an mir vorbei zur Leiter.

Ich laufe ihr nach. An der Leiter hole ich sie ein und berühre ihren Arm. Sie bleibt stehen.
„Das ist hoch“, sage ich. „Willst du da wirklich rauf?“
Sie nickt. „Ich will das beenden!“
Wir stehen dicht voreinander. Wieder ist da diese Spannung zwischen uns. Sie riecht gut und ich würde sie am liebsten in den Arm nehmen.
„Vielleicht wäre es besser, wenn du wartest?“, sage ich.
Feli lächelt.
„Warte du auf mich. Ich bin gleich zurück.“
Sie gibt mir einen Kuss auf die Wange und klettert an der Leiter hoch zum Mauervorsprung.

FELT

Vielleicht sollte ich auf Kath hören. Vielleicht hätte ich das längst tun sollen. Stattdessen klettere ich wie ferngesteuert an dieser Leiter hoch. Das Sprayen hat jetzt mit Danni zu tun. Wieder mal hat etwas mit ihm zu tun. Ich opfere mein Herz für seine kranke Idee. So kommt es mir vor. Aber ich kann mich nur von ihm befreien, wenn ich das hier durchziehe.

Danach kommt was Neues.

Mein Herz macht einen Sprung.

Es wird Fak-E sein. Das weiß ich jetzt. Wie auch immer, was auch immer und wo auch immer. Es geht weiter. Mit ihm. So einfach ist das!

Die letzten Sprossen der Leiter, dann stehe ich auf dem Mauervorsprung. Er ist breiter, als ich dachte. Ich schüttle die Dose und sprühe den linken Bogen um das Gesicht, das meins ist. Dann die gezackte Linie, und das Gleiche auf der anderen Seite, nur spiegelverkehrt.

Keine 30 Sekunden dauert das.

Es sieht aus, als würde mein Gesicht aus einer fleischfressenden Pflanze wachsen. Als ich das Rot in den schwarzen Linien verteile, werde ich ruhiger. Das Sprayen macht mich locker. Jetzt weiß ich wieder, warum ich es tue.

Es ist für mich!

Mit einem Seitenblick nach unten sehe ich Danni und Fak-E. Sie schauen hoch.
Ich sollte nicht so viel nachdenken, schießt es mir durch den Kopf und betrachte das Bild ein letztes Mal. An den linken Flügel sprühe ich so viel Rot, bis die Farbe wie Blut herabläuft. So sieht mein Abschied von Danni aus. Auch wenn er ein Idiot ist. Wir haben immerhin unsere Kindheit zusammen verbracht. Bis jetzt, bis hier.
Als ich fertig bin, hole ich mein Handy raus und schreibe eine Nachricht an Fak-E:

> `Wir haben gar nicht ZUSAMMEN gesprayt. Das müssen wir nachholen!`

Senden.
Da höre ich den Schrei:
„Die Bullen!"
Zuerst bleibe ich ganz ruhig und warte. Dann reagiert mein Körper wie von selbst. Er macht einfach, was er muss, bewegt sich ohne mein Zutun. Der linke Fuß tastet zur Seite, berührt die Leiter, der rechte Fuß folgt, dann wieder der linke. Meine Hände finden das Metall, greifen sicher und fest zu. Unter mir höre ich meine Dosen auf den Boden schlagen, was mich nicht kümmert. Auch nicht die Schreie irgendwelcher Leute. Ich bin nur damit beschäftigt, meine Hände und Füße an die richtigen Stellen der Leiter zu platzieren.
Es geht schnell. Viel zu schnell. Das Einzige, was ich mache, ist klettern, Halt finden, cool bleiben,

weiterkommen. Gleich bin ich unten. Ich sehe zur Seite. Der Boden ist noch zwei Meter entfernt. Ich könnte springen. Aber das ist zu gefährlich. Also klettere ich weiter.

Und verliere den Halt. Stürze. Es fühlt sich wie fliegen an. Ich muss schreien. Und falle. Ins Nichts.

FAK-E R.i.P.

Feli rutscht von der Leiter. Sie fällt. Alles geht total schnell. Dannis Schrei „Die Bullen!" hallt in mir nach.
Wenn dieser Schrei kommt, rennt jeder los. Aber ich bleibe stehen, sehe, wie Feli auf dem Boden liegt. Ihr Fuß ist seltsam verdreht. Ich rufe nach ihr. Aber sie winkt ab und schreit:
„Hau ab!"
Unsere Blicke treffen sich. Ich weiß, dass sie es ernst meint. Ich soll verschwinden. Also laufe ich weg. Über den Platz zu der Werbetafel. Dort verstecke ich mich.
Feli liegt am Boden. Danni hockt neben ihr. Sie sieht zu mir. Und als die beiden Bullen angelaufen kommen, rennt Danni weg, springt vom Bahnsteig und verschwindet über die Gleise, als ein Zug einfährt. Einer der Bullen ruft laut „Scheiße!" und schlägt gegen den Zug, während Danni auf der anderen Seite verschwinden kann.

In dem Moment dreht der andere Bulle Felis Arm nach hinten. Es sieht schmerzhaft aus, aber Feli schreit nicht.
Warum schreit sie nicht? Der Typ ist so grob zu ihr, dass es wehtun *muss*. Ich bin kurz davor, mein Versteck zu verlassen, um ihr zu helfen. Aber Feli sieht mich ruhig an, ohne Schmerz und ohne irgendein Zeichen von Stress. Es scheint, als würde sie weder ihren Fuß noch den Typen über sich bemerken.
Ihr Blick sagt: Mach dir keine Sorgen!
Und dabei lächelt sie.

Sechstes Kapitel

Als wir noch Kinder waren, fiel sie vom Baum.

Zuvor hatte sie ein Brett in die Astgabel geklemmt und saß da mit verschränkten Armen. Ich fragte, was sie mache. Sie legte ihren Zeigefinger auf den Mund und sagte:

„Niemand darf wissen, wo ich bin. Du auch nicht!"

Also habe ich darauf gewartet, dass sie wieder runterkommt.

Am Nachmittag kam Olga, ihre Mutter, nach draußen.

„Wo ist sie?"

Ich sagte: „Weiß nicht …", weil ich sie nicht verraten wollte.

Olga sah mich an.

„Aber ihr wart doch zusammen?"

„Heute nicht", antwortete ich und Olga ging zurück ins Haus.

Es wurde Abend. Olga, meine Mutter und ich, saßen am Tisch und aßen. Sie wollten wissen, wo sie ist. Als meine Mutter vorschlug, die Polizei zu rufen, sagte Olga:

„Auf keinen Fall! Sie ist hier irgendwo, da bin ich mir sicher."

Dann lächelte sie mich an und fragte:
„Oder meinst du, wir sollten die Polizei holen?"
Ich schüttelte den Kopf, denn ich wusste, wo sie ist. Auch Olga wusste, dass ich es weiß, und streichelte mir über den Kopf.
Wenig später fiel sie vom Baum. Es gab ein dumpfes Geräusch im Hof. Wir sprangen auf und liefen nach draußen. Sie lag auf der Wiese und ich dachte, sie wäre tot. Aber sie starrte in die Baumkrone und verzog keine Miene. Olga hockte neben ihr und stellte tausend Fragen. Doch sie schwieg. Sie sah mich an und gleichzeitig durch mich hindurch.
Am Abend kam sie aus dem Krankenhaus. Ihr war nichts passiert, sie sagte nur, dass sie eingeschlafen und von dem schmalen Brett gefallen sei. Das brachte alle zum Lachen.
Erst am nächsten Tag erzählte sie die Wahrheit.
Wir saßen unter dem Baum und sie sagte:
„Ich wollte wissen, ob ich sterben kann."
Dann sprang sie auf und rannte weg.
Sie war so schnell, dass ich ihr kaum folgen konnte. Immer, wenn ich sie fast hatte, schlug sie einen Haken und lief in eine andere Richtung.
Aber ich folgte ihr.
Die ganze Zeit.
Bis heute.
Feli.

SIEBTES KAPITEL

FAK-E R.I.P.

Ich lese ihre Nachricht:

Wir haben gar nicht ZUSAMMEN gesprayt. Das müssen wir nachholen!

Die Nachricht ist von 3.44 Uhr. Im gleichen Moment sind die Bullen gekommen. Jetzt zeigt die Bahnhofsuhr 4.27. Darunter ist unser Piece. Ich bin in Gedanken in der Nacht, als Karim überfahren wurde. Da war ich ähnlich müde und zugleich hellwach. Mir ist schwindelig, und es kommt mir vor, als wären die Dinge unendlich weit weg und trotzdem ganz nah.

Ich schreibe:

Das holen wir nach! Wie wär's mit Berlin? Alles klar bei dir? Wo bist du?

Auf dem Boden sitzend, schaue ich in den Himmel. Es wird hell, nirgendwo ist eine Wolke und alles scheint so unwirklich. Erst als die Bullen ein paar Fotos vor dem Piece machten, wurde mir klar, dass wir eine fette Wand gesprayt haben. Die Nachricht ist zugestellt, aber Feli hat sie nicht gelesen. Ein paar Typen laufen an mir vorbei und stoßen sich an. Sie zeigen auf mein Gesicht und lachen. Ich sollte verschwinden, ich sehe aus

wie ein Alien, außerdem habe ich die Dosen im Rucksack, was bei den Bullen sicher gar nicht gut ankäme.
Dann schaue ich wieder aufs Handy, stehe auf und hole mir eine Cola beim Bäcker. Immer mehr Menschen kommen und gehen, es ist Samstag, in wenigen Stunden ist die Stadt voll. Shoppen, rumlaufen, normal sein.
Sie werden Feli ausfragen, und sie wird schweigen, da bin ich sicher. Sie bekommt eine Anzeige, dann kann sie wieder gehen.
Und Danni?
Als die Bullen kamen, hat er sie auf dem Boden liegen lassen und ist abgehauen. Das macht ihn bestimmt fertig. Auch weil Feli ihm die kalte Schulter zeigt.
Noch immer keine Antwort. Ich vermisse sie, was verrückt ist, weil ich sie nicht vermissen kann, da ich sie schließlich kaum kenne.
Alles klar? Nichts ist klar!
Ich lese noch einmal:

Wir haben gar nicht ZUSAMMEN gesprayt. Das müssen wir nachholen!
3:44

Das holen wir nach! Wie wär's mit Berlin? Alles klar bei dir? Wo bist du?
4:28

Möglich, dass sie Stress hat. Vielleicht sitzt der Bulle neben ihr und guckt, wer schreibt.

Als die 7 einfährt, ziehe ich die Kapuze über den Kopf, stehe auf und laufe zur Bahn, springe rein und setze mich nach hinten. Außer mir sind kaum Leute in der Bahn. Ich sehe unser Piece ein letztes Mal, dann schließe ich die Augen und stelle mir den Weg nach Hause vor. An der Post vorbei, dann halblinks über die Brücke und wieder runter, bis die Straße einen Knick nach rechts macht, und so weiter.
In zehn Minuten werde ich da sein, und ich halte die Augen geschlossen. Die Strecke bin ich unzählige Male gefahren. Aber heute Morgen ist alles anders. Und eigentlich ist immer alles anders, ich bekomme es nur nie mit. Heute war Feli. Und auch Danni. Aber vor allem war das Piece mit ihrem Bild und dem Herz und das R.I.P. Eine neue Ordnung. Keine Ahnung, was das bedeutet.
Ich öffne die Augen, stehe auf und verlasse die Bahn. Ein Sonnenstrahl trifft die silberne Schrift über der Bäckerei. Ich überquere die Ampel und biege in unsere Straße. Nach ein paar Minuten bin ich da, öffne die Tür und schleiche durch das alte Treppenhaus nach oben. Ich versuche, möglichst leise in die Wohnung zu kommen und verschwinde ins Bad. Dort sehe ich Felis rotes Andenken zum ersten Mal richtig.

Ich schreibe:

> Schläfst du? Oder bist du von der Trage gefallen? Falls du nix sehen kannst (Brille), lass dir von den Bullen meine Nachricht vorlesen.

Senden. Und warten.

Im Regal steht Waschbenzin. Das braucht mein Vater für seine Pinsel, wenn er malt. Ich träufle etwas auf ein Handtuch und will gerade meine Haut reinigen, als das alte „Wenn-dann-Spiel" beginnt:
Wenn die Uhr jetzt umspringt, dann bekomme ich zum Geburtstag, was ich mir gewünscht habe.
Wenn es heute regnet, dann schreibe ich keine fünf.
Wenn der Hund nicht bellt, dann gehe ich morgen ins Kino.
Und jetzt: Wenn ich die Farbe im Gesicht lasse, dann schreibt sie mir.
Sie wird mir schreiben. Sie hat um viertel vor vier geschrieben, und gleich ist es fünf Uhr. Ich habe ihr zweimal geantwortet. Sie will mit mir sprayen. Sie will mich wiedersehen. Sie wird sich melden. Wenn nicht jetzt, dann später.
Trotzdem lasse ich die Farbe im Gesicht.
Warum bin ich so komisch drauf? Vielleicht sollte ich schlafen. Ich bring schon alles durcheinander.

Im Wohnzimmer steige ich die Treppe rauf zur Dachterrasse.
„Fabi!?“
Mein Vater sieht mich ungläubig an.
Ich sage „Hallo …“ und lasse mich auf das Sofa unter dem gespannten Sonnensegel fallen.
Mein Vater trägt seinen Malkittel. Er arbeitet.
„Schon wach?“, fragt er.
„Eher noch …“, sage ich und gähne.
„Und was ist mit deinen Augen passiert?“
Ich sehe weg. Von hier oben hat man einen guten Blick über die ganze Stadt. Die Sonne geht gerade über dem Stadion auf.
„Wie lange willst du das noch machen, Fabi?“
Mein Vater setzt sich neben mich. Wir schweigen eine Weile. Dann legt er seinen Arm um meine Schultern.
„Davon machst du ihn auch nicht wieder lebendig.“
„Und was ist mit dir?“, frage ich.
„Was soll mit mir sein?“
„Du kannst doch auch nicht schlafen.“
Er lacht.
„Aber das hat andere Gründe.“
Ich ziehe aus der Brusttasche seines Kittels ein Päckchen Zigaretten.
Er lacht.
„Und ich frag mich die ganze Zeit, wo die sind.“
Das Bild, an dem mein Vater gerade arbeitet,

steht hinten im Schatten. Karim war total geflashed von den Sachen. Seit Monaten sind es Frösche, selten ganze, meist nur Ausschnitte, Füße, Augen, die schmalen Münder. Mein Ding ist das nicht.

„Und was macht das Rot an deinen Augen?"

„Ist eine längere Geschichte ..."

„Komm schon, Fabi, solche Sätze gibt es nur in schlechten Filmen. Was ist passiert?"

Mein Vater gibt mir Feuer.

„In diesen Filmen geben Väter ihren Söhnen Feuer und sprechen mit ihnen von Mann zu Mann", sage ich.

Er lacht. Anscheinend hat er gut gearbeitet. Er ist nicht immer so drauf, schon gar nicht morgens um fünf. Seit meine Mutter weg ist, schläft er schlecht, was daran liegt, dass sie jetzt in Berlin lebt, auch wenn die Trennung seine Idee war.

„Warst du sprayen?", fragt er.

Ich nicke.

„Und ist es gut gelaufen?"

„Die Bullen haben uns zu einem Drittel erwischt."

„Kenne ich dieses Drittel?"

„Nein."

„Und hat dieses Drittel mit der roten Farbe zu tun?"

„Ja."

„Sollte ich mehr wissen?"

„Besser nicht ..."

Ich sehe ihn an und will gerade ‚Du kannst mir vertrauen' sagen, als er lacht.
„Mein Gott, wie siehst du aus?!"
Ich murmele etwas wie „Sehr witzig …" und werfe die Kippe in einen der Blumentöpfe. Seit Ma weg ist, gieße ich das Grünzeug, da bei meinem Vater jede Pflanze stirbt. Und das kann ich seit Karims Tod erst recht nicht mehr vertragen.
„Ich kann davon ausgehen, dass da keine Anzeige kommt?"
Ich sage: „Keine Ahnung, nein …", und stehe auf. Mein Vater weiß, dass ich weiß, dass er selbst gesprayt hat, und ich weiß auch, dass ihn solche Dinge nur dann stören, wenn die Polizei ins Spiel kommt. Wie gesagt, Karim fand seine Bilder gut, und meinem Vater haben Karims Bilder auch gefallen, sodass er ihm bei der Mappe für die Kunstakademie geholfen hat.
„Fabi, ich hoffe, du hältst dich von den Schienen fern", sagt er. „Ich brauch dir nicht zu sagen, wie gefährlich das ist, oder? In den Oberleitungen ist eine Spannung von 15 000 Volt. Die springt einfach über, wenn du der zu nah kommst."
Ich nicke, weil ich keine Diskussion will.
„Lass uns frühstücken", sagt mein Vater und geht in die Wohnung.
Wortlos hantieren wir in der Küche. Dabei sehe ich ein paar Mal auf mein Handy. Es ist viertel nach fünf.

„Wir haben kein Brot mehr", sagt er. „Magst du Cornflakes?"
Er raschelt mit der Pappschachtel. Ich nicke. Und als er zwei Schalen füllt und Milch darüber gießt, wird mir plötzlich klar, was für einen Hunger ich habe. Nach der ersten Schale esse ich gleich die nächste und bin erst fertig, als die dritte Portion weg ist.
„Willst du die Farbe nicht mal abwischen?"
„Später."
Denn: Erst wenn sie schreibt, entferne ich die Farbe.
Wenn – dann.
Meine halbe Kindheit dieses Spiel.
Wenn ich alles aufesse, dann bleiben Mama und Papa zusammen.
Hat nicht geklappt.
„Und wo habt ihr gesprayt?"
Ich sehe auf mein Handy.
„Am Bahnhof, unter der Uhr. Ist nichts Besonderes. War mehr aus Spaß."
Er nickt und schiebt die Müslischale weg.
„Es selbst zu tun war einfacher", sagt er lächelnd.
Ich weiß, dass es ihm schwer fällt. Nicht mein Problem.
Nach einer kurzen Weile sagt er:
„Und die Polizei hat einen von euch erwischt?"
„Eine", sage ich.
Er zieht die Augenbrauen hoch.

„Und die hat dir auch das rote Veilchen verpasst."
Ich nicke.
Da vibriert mein Handy. Ich springe auf und gehe auf die Terrasse. Mit der Hand schirme ich das Display vor der grellen Morgensonne ab, und lese:

Fick dich

Im ersten Moment denke ich gar nichts. Ich stecke das Handy weg und atme ruhig ein und aus. Zugleich spüre ich mein Herz wie blöde schlagen. Auch wenn ich das nicht will, weil es cooler wäre, wenn es mir am Arsch vorbei ginge. Doch mein Herz schlägt, und zwar heftig.

Wir haben gar nicht ZUSAMMEN gesprayt. Das müssen wir nachholen!
3:44

Das holen wir nach! Wie wär's mit Berlin? Alles klar bei dir? Wo bist du?
4:28

Schläfst du? Oder bist du von der Trage gefallen? Falls du nix sehen kannst (Brille), lass dir von den Bullen meine Nachricht vorlesen.
4:58

```
Fick dich
```
5:37

Wenig später bin ich davon überzeugt, dass es ein Scherz ist. Ich habe sie geärgert, sie ärgert zurück. Außerdem wurde sie gerade von den Bullen gefasst. Hallo?!
Ich muss lachen, vor Erleichterung, und weil ich so bescheuert bin, nur an mich zu denken.
Mein Herz schlägt wieder normal. Dafür breitet sich in meinem Bauch eine kribbelige Wärme aus. Das Gefühl der guten Laune. Ich schreibe:

```
Wie soll das gehen? Ich bin doch
keine Schnecke, die sich selbst
befruchtet!
```

Senden.
Sie ist online.
Sie hat meine Nachricht gelesen.
Ich warte auf ihre Antwort.
Dann verschwindet das ‚online' und ich lese ‚zul. online heute um 05.38'.
Ich sage: „Okay …" und warte ein paar Minuten. Die Anzeige bleibt unverändert. Ich gehe zurück in die Küche, nehme meine Kaffeetasse und verschwinde im Bad. Ich schütte die halbe Flasche Benzin auf ein Handtuch und wische mir durchs Gesicht. Die rote Farbe löst sich auf und läuft in dünnen Bahnen über meine Wangen.
Es sieht aus wie Blut.

Ich wische es ab, bis meine Augen halbwegs sauber sind.
Da vibriert mein Handy. Die nächste Nachricht von ihr. Ich lese:

`Lass mich in Ruhe!!!!!!!`

Es ist wie ein Schlag in den Magen. Das freudige Kribbeln ist weg. Mein Herz stolpert bis in den Hals und schlägt nur da. Ich starre aufs Display:

`Lass mich in Ruhe!!!!!!!`

Der Satz ritzt sich in mein Gehirn. Das ist kein Spaß. Dieser Satz tut weh. Warum tut dieser Satz weh? Ich will nicht, dass er weh tut.
Ich sehe in den Spiegel. Bis auf einen rötlichen Schimmer ist die Farbe weg. Ich schütte das restliche Benzin ins Handtuch und reibe mir durchs Gesicht. Es kommt in meine Augen, es brennt ein wenig, ich reibe weiter. Jetzt sind meine Augen rot, dafür ist die Farbe weg. Es sieht aus, als würde ich weinen. Aber ich weine nicht. Mir ist schlecht. Eindeutige Tatsache. Die Tür ist zu. Feli hat sie geschlossen. Aber es fühlt sich an, als wäre sie tot. Es fühlt sich wie bei Karim an. Und doch anders. Denn Feli lebt.
Ich sage mir: Sie lebt. Und: Sie spinnt. Und auch: Sie kann mich mal.

`Lass mich in Ruhe!!!!!!!`

Es klopft an der Tür.
„Alles klar bei dir?"
Ich rufe „Ja!".

„Leg dich ein bisschen hin, o. k.? Du brauchst Schlaf, Fabi. Hörst du?!"
„Ja, mach ich!"
Meine Stimme ist wie immer. Aber innerlich zittere ich vor Enttäuschung. Warum schreibt sie das, wenn sie vorher geschrieben hat, dass sie mit mir sprayen will?
Ich gehe in die Küche. Mein Vater ist nicht da. Weil ich nicht weiß, was ich machen soll, verschwinde ich in meinem Zimmer. Dort ist es kühl. Ich ziehe die Vorhänge zu und krieche unter die Decke. Meine Mutter lebt jetzt in Berlin. Ich wollte sie besuchen, mit Karim, einen Tag bevor er überfahren wurde. Mein Vater hasst Berlin. Zumindest, seit meine Mutter da ist. Er bereut, was er getan hat. Das hat er zigmal gesagt, bis ich ihn bat, mich damit in Ruhe zu lassen, weil ich sowieso nicht glaube, dass sie getrennt bleiben. Meine Mutter sagt, dass sie ihn noch liebt. Er sei zwar schwierig, aber das wisse sie ja. Und jetzt soll er eine Weile schmoren.

`Lass mich in Ruhe!!!!!!!`

Der Gedanke reißt mich aus dem Halbschlaf.
Es ist viertel vor sechs.
Ich sehe auf mein Handy.
Sie ist ‚online'.
Da kommt das Scheißgefühl zurück und breitet sich in meinem Bauch aus. Ich schreie „Nein!" und schlage ins Kissen, weil ich dieses Gefühl zum

Kotzen finde. Es macht mich wehrlos. Seit Karims Tod wache ich jeden Morgen mit diesem Gefühl auf. Es ist ein Einbahnstraßengefühl.
Und Feli lebt.
Ich wähle ihre Nummer.
Was ich bei Karim nicht mehr kann.

Achtes Kapitel

Feli

Kath hält einen Blumenstrauß in der Hand, selbst gepflückt, wahrscheinlich mit irgendwelchen Krabbeltieren drin. Sie setzt sich zu mir.
„Äh, kann das Ding mal woanders hin?", frage ich.
Ich zeige auf den Strauß und Kath legt die Blumen auf den Boden.
In der Notaufnahme ist kein Mensch. Trotzdem warte ich seit einer Stunde auf den Arzt. Ich weiß jetzt wenigstens, dass der Fuß nicht gebrochen ist.
„Ich bekomme eine Anzeige", sage ich.
Kath hält meine Hand. Ich habe ihr erzählt, was letzte Nacht passiert ist. Und auch, dass Enrico hier war und mir erklärt hat, was jetzt so alles kommt.
„Ich versteh nur eins nicht", beginnt Kath.
Ich schiele zur Seite. Ein paar Käfer haben sich auf die Socken gemacht und krabbeln über den grauen Boden zur Tür. Im Strauß ist auch eine Spinne. Aber eine kleine.
„Warum hast du dich überhaupt darauf eingelassen? Glaubst du wirklich, dass Danni die Tags wegmacht?"
„Das sind Stencils, keine Tags. Tags sind was anderes."

Die Tür geht auf. Eine gut gelaunte Krankenschwester schaut herein. Wir sehen sie an und lächeln. Dann verschwindet sie wieder.
„Das macht der nie“, sagt Kath und dreht sich wieder um. Sie hat Ränder unter den Augen. Ihre Nacht war wie meine – ohne Schlaf.
„Es war ein Versuch“, sage ich. „Ich dachte … also, ich fand … äh …“
Jetzt muss ich kurz überlegen. Mir kommt ein Gedanke, der mich irritiert.
Kath sieht mich an. ‚Du kannst mir alles anvertrauen‘, sagt ihr Blick. Sie nickt und schweigt, man kennt das ja.
„Ich wollte halt mit Fak-E sprayen. Dafür habe ich Danni in Kauf genommen. War'n Fehler, o. k.“
„Und?“
„Nix … und. War einfach nur ein Fehler.“
Die Tür geht wieder auf. Diesmal ist es Danni.
Ich rufe:
„Nicht der schon wieder!“, während Kath meine Hand ein wenig fester drückt.
„Hallo …“, kommt es schwach von der Tür.
Soviel Elend geht gar nicht, und das alles ohne Schlaf.
„Sind die Bilder weg?“, frage ich.
„Ja“, sagt er.
„Die Schablonen auch?“
Wieder sein butterweiches „Ja“.
„Dann verschwinde!“, sage ich.

Er kommt näher.
„Ich wollte dir sagen, dass …"
„Halt's Maul!"
Kath nickt. „Geh einfach!"
„… es mir leid tut.", kullert der Rest durchs Wartezimmer und verendet kurz vor dem Blumenstrauß. Jede Wette, dass die Käfer den Satz nicht fressen werden.
„Du weißt nicht zufällig, wo mein Handy ist?", frage ich, einer Ahnung folgend.
Ein Schatten huscht über sein Gesicht. Dannis unglaublich beschissene Art, im Raum zu stehen. Wie kann man nur ein Leben lang solche hängenden Schultern haben?
Dann macht er einen Schritt zurück, und als die Tür zum dritten Mal aufgeht und meine Mutter reinkommt, huscht er an ihr vorbei und ist weg.
Mams nimmt mich ohne Umschweife in den Arm.
Ich heule sofort los.
„'Tschuldigung …", sage ich schluchzend.
Ich dachte eigentlich, dass ich auf stur schalte, wenn sie da ist. Stattdessen weine ich so heftig, dass es mir fast peinlich ist.
„Süße, was ist jetzt wieder los?"
Ich krieg kaum Luft. Aber es tut gut, zu weinen. Sie streichelt mich und ich bin umgeben von ihrem Geruch. Erst nach ein paar Minuten werde ich ruhig und schaffe es, die Tränen aus dem Gesicht zu wischen.

Ich denke an Fak-E. Und ich denke an Danni.
Die letzte Nacht ist noch da. Und schon weit weg, als wäre es Ewigkeiten her.
Meine Mutter streichelt meinen Kopf und ich riskiere einen Blick in ihr Gesicht. Wenn sie wenigstens wütend auf mich wäre. Aber das ist sie nicht. Und das macht mich fertig.
„Enrico hat mir alles erzählt“, sagt sie. „War er schon hier?“'
Ich nicke.
„Du weißt, was jetzt kommt?“
„Ja …“
Im Flur höre ich Kath. Sie schreit, und ich frage mich, was da los ist.
„Ich zahl das zurück, Mams. Ehrlich! Ich geh arbeiten.“
„Feli …?“
„Mmh?“
Kath schreit noch immer. Ich bin etwas abgelenkt.
„Das kostet über tausend Euro. Und eine Anzeige gibt es noch oben drauf.“
Ich will gerade etwas sagen, als die Tür auffliegt.
„Hallo Olga!“, ruft Kath mit funkelnden Augen.
Die beiden umarmen sich.
Dann hebt sie ihren Arm und hält mir mein Handy hin.
Kein günstiger Zeitpunkt, um zu fragen, was gerade los war. Ich stecke es ein und sage:
„Mit Glück gilt bei mir der Ersttäterbonus.“

Meine Mutter sieht mich traurig an.
„Hoffen wir's. Ich suche mal den Arzt. Vielleicht können wir bald fahren."
Damit verlässt sie das Wartezimmer.
„Dieser Wichser!", ruft Kath. „Ich hab's sofort gemerkt, als du gefragt hast. Aber erst mal auf unschuldig machen. Boah Feli, der ist so daneben!"
Ich sehe mein Handy an und sage „Scheiße ..."
Kath rückt näher.
„Hat er geschrieben?", fragt sie.
„Ja, hat er."
„Und?"
„Weiß nicht ..."
Mir ist nicht ganz wohl.
„Was hat Danni denn gesagt?", frage ich.
Kath verzieht den Mund.
„Das Übliche."
„Und das wäre?"
„Naja, erst mal wollte er nichts sagen. Aber ich hab ihm etwas Druck gemacht."
„Und dann?"
„Na, dass dein Handy auf dem Boden lag, hat er gesagt, und dass er auch nicht wüsste, warum er es genommen hat, und dass er das auf keinen Fall wollte und so'n Zeug. Du kennst ihn ja. Immer ist alles so, wie er's nicht will."
„Sonst nichts?"
„Doch, schon."
Kath zögert.

„Vielleicht solltest du mal deine Nachrichten checken“, sagt sie vorsichtig.
„Wieso …?“, frage ich.
Kath schielt auf mein Handy.
Mir wird schlecht. Ich halte es ihr hin und sage: „Lies du!“
Das lässt sie sich nicht zweimal sagen.
Wenig später ruft sie:
„Danni ist sooo ein Arschloch!“
Ich will eigentlich nicht mehr wissen, was da zu lesen ist.
„Das ist echt der Hammer!“, sagt Kath. „Ist dir klar, was das bedeutet?“
„Ich weiß nicht mal, was da steht“, sage ich.
„Du musst Fak-E anrufen!“, sagt Kath und hält mir das Handy unter die Nase.
Ich lese:

Wir haben gar nicht ZUSAMMEN gesprayt. Das müssen wir nachholen!
3:44

Das holen wir nach! Wie wär's mit Berlin? Alles klar bei dir? Wo bist du?
4:28

Schläfst du? Oder bist du von der Trage gefallen? Falls du nix sehen

kannst (Brille), lass dir von den Bullen meine Nachricht vorlesen.
4:58

Fick dich
5:37

Wie soll das gehen? Ich bin doch keine Schnecke, die sich selbst befruchtet!
5:41

Lass mich in Ruhe!!!!!!!
5:47

Nicht rangehen ist feige. Was ist los?
6:07

Ich versteh das nicht.
6:09

Hab ich was falsch gemacht?
6:09

O. k., ist angekommen, du antwortest nicht. Dann hör ich auch auf, zu schreiben.
6:11

Es ist trotzdem Scheiße. Schweigen ist Scheiße!!!!!!

7:31

Ich glaube nicht, dass du das lesen willst. Aber pass auf: Ich will dich nicht in meinem Leben! Lass mich einfach in Ruhe! Brauchst du es deutlicher?

7:43

O. k. Ich hatte wohl was falsch verstanden. Schade.

7:47

Im ersten Moment bin ich ganz ruhig. Nur ein wenig traurig. Es fühlt sich komisch an.
Doch als mir die Tränen in die Augen steigen, hole ich tief Luft und springe hoch. Dabei vergesse ich, dass mein Fuß weh tut, und stapfe durchs Wartezimmer nach draußen. Meine Mutter spricht mit einer Krankenschwester und ich unterbreche die beiden:
„Ich will gehen!“
„Der Arzt war aber noch nicht hier“, sagt meine Mutter.
„Egal, ich will gehen!“
Die Krankenschwester nimmt das Telefon und dreht sich zur Seite.

„Einen Moment“, sagt sie.
Dann spricht sie ein paar Sätze und steckt das Telefon in ihren weißen Kittel.
„Alles klar. Dr. Billermann sagt, Sie können nach Hause. Alle Werte sind in Ordnung.“
Ich bin weg.
„Feli?!“
Meine Mutter.
„Können wir vielleicht zusammen gehen? Wärst du so nett, zu warten?“
Ich antworte nicht, bleibe aber vor dem Aufzug neben einem Rollstuhl stehen.
Kath sagt: „Feli hat nicht geschlafen, Olga.
Du weißt doch, wie sie dann ist.“
Ich schreie: „Hör auf!“ und verschränke die Arme.
Die beiden schlendern über den Gang. Ich drücke den Knopf und die Aufzugtüre öffnet sich.
Da entdeckt Kath den Rollstuhl, trabt heran und lässt sich hineinfallen. Sie sieht mich an.
„Vergiss es!“, sage ich und muss lachen.
„Komm Feli, schieb mich!“
Ich rufe „Neiiin!“ und will auch nicht mehr lachen müssen. Ich bin echt stinkig wegen Danni.
Da fasst meine Mutter die Gummigriffe und ruckelt an dem Teil. Die Bremse löst sich und Kath schießt in die Kabine.
Zack!
Die Tür ist zu und wir starren für einen Moment auf die geschlossene Blechwand, ehe meine Mutter

zu lachen beginnt und ich abwechselnd kichern muss und „Scheiße" sage.
Meine Mutter lacht noch immer, als sie mich plötzlich in den Arm nimmt und ganz fest drückt. Dabei sehe ich verstohlen zu ihr auf und frage:
„Bist du sehr enttäuscht?"
„Nein, eigentlich nicht."
„Und warum nicht?"
„Weil ich dich liebe. Und weil ich dir vertraue."
„Mams?"
„Feli?"
„Es tut mir leid."
Sie lächelt.
„Weiß ich."
„Und ich … äh … muss dich noch was fragen …", setze ich an und höre, wie sie tief Luft holt.
„Was denn?"
„Ja … also … ich wollte fragen, ob du mir zwei Tage gibst? Und auch etwas Geld? Ich muss was klären. Dafür brauche ich das."
Das Schweigen, das dann kommt, verunsichert mich, aber zugleich denke ich, dass es auch o. k. ist, weil mich meine Mutter im Arm hält und streichelt. Und dann fragt sie:
„Hat das mit gestern Nacht zu tun?"
„Ja."
„Und es ist wichtig für dich?"
„Ja, das ist es."
„Aber es wird keinen Ärger geben?"

„Auf keinen Fall! Das verspreche ich!"
Da öffnet sich die Aufzugtür. Kath sitzt mit dem Rücken zu uns im Rollstuhl und lacht. Wir müssen auch sofort wieder lachen und gehen zu ihr in die Kabine.
„Wie viel Geld brauchst du denn?", fragt meine Mutter, als sich die Türen schließen.
„So hundert Euro?"
„Und wann bist du zurück?"
„In zwei Tagen."
„Darf ich fragen, wohin du fährst?"
„Mmh … Besser nicht."
Ich versuche, ihrem Blick zu entgehen. Aber meine Mutter ist da ziemlich hartnäckig. Schließlich sagt sie:
„Ich habe eine Bedingung, Süße. Dein Handy ist die ganze Zeit an und ich kann dich erreichen."
„Geht klar", sage ich.
Da springt Kath aus dem Rollstuhl und stellt sich vor uns.
„Gebt mir mal schnell eure Hände", sagt sie und sieht uns voller Begeisterung an. Mir schwant nichts Gutes.
„Ihr seid so was von toll, wisst ihr das?"
Ich sage: „Aha …?" und frage mich, was als Nächstes kommt.
„Die Eskimos halten sich vor jeder Reise immer so an den Händen, bis niemand mehr was sagen will", sagt sie. „Erst dann gehen sie auseinander."

„Inuit!"
Kath sieht mich an.
Ich sage: „Eskimos ist diskriminierend. Die heißen Inuit. Das wollte ich noch sagen, bevor ich gehe."
Meine Mutter lächelt, und Kath schweigt mit geschlossenen Augen. Also halte ich den Mund, umso schneller ist das hier vorbei.
Schließlich hält der Fahrstuhl und Kath schüttelt unsere Hände und sagt:
„So!"
Ich frage: „Ja?"
„Das war's", sagt sie.
„Na dann …"
Meine Mutter verlässt den Fahrstuhl. Ich hake mich bei ihr ein und sage:
„Keine Sorge, Mams."
„Habe ich nicht."
Und nach einer Weile fügt sie hinzu:
„Also, nur ein bisschen."

Wenig später fahren wir los.
In der Nähe vom Bahnhof tippe ich meiner Mutter auf die Schulter und sage:
„Lässt du uns hier raus?"
Sie hält an einer Bushaltestelle und dreht sich um.
„Willst du nicht erst mal nach Hause, du hast ja nicht mal Sachen dabei?"
„Stimmt, vielleicht hast du Recht …", willige ich ein, „aber Kath kommt mit!"

Als wir dann schließlich drei Stunden später in die Straße einbiegen, die zum Bahnhof führt, bemerkt Kath:
„Du ziehst das rechte Bein nach!"
„Tu ich das?"
Ich bleibe stehen. Zum einen, weil ich Kath dann besser sehen kann. Zum anderen, weil mein Fuß echt weh tut. Aber Dr. Pillemann – oder wie der Arzt hieß – hat gesagt, ich hätte nichts. Also habe ich nichts.
Wir laufen zum Bahnhof. Ich öffne Fak-E's Profil und lese: ‚zul. online heute um 9:35'
Jetzt ist es kurz vor eins.
„Hat er geantwortet?", fragt Kath.
„Nein."
„Hat er deine Nachricht gelesen?"
„Auch nicht."
„Dann ruf ihn an."
„Erst soll er meine Nachricht lesen."
„Und jetzt?"
„Kauf ich das Ticket."
„Und du meinst, er fährt auch hin?"
„Ich hoffe es."
„Und was ist mit Olga?"
„Hast du doch gehört? Sie vertraut mir."
„Sie weiß aber nicht, dass du 600 Kilometer weit wegfährst!"
„Wo ist der Unterschied?"
Kath lacht.

„Die 600 Kilometer?!"
Wir biegen auf den Bahnhofsplatz. Da sehe ich das Piece. Unter der großen Uhr. Es sieht gar nicht mal so schlecht aus.
„Ist es das?", fragt Kath.
Ich nicke.
„Wollte ich dir auf jeden Fall noch zeigen. Das wird eh gecrossed."
„Glaub ich nicht."
„Glaub ich für dich mit!"
„Ich würde gerne mitkommen", sagt Kath.
„Red kein Blech! Du gehst heute ins MEETS und triffst Mr. Locke. So sieht das aus."
„Und was machst du?"
Ich zucke mit den Schultern.
Ich weiß nicht, was Fak-E jetzt denkt. Ich denke zumindest die ganze Zeit an ihn.
„Kann ich mal dein Handy haben?", frage ich.
„Meins ist ätzend langsam."
„Danni hat bestimmt die ganze Zeit damit gezockt", sagt Kath und hält mir ihres hin.
Mir ist noch immer schlecht bei dem Gedanken, dass mein Handy über Stunden bei ihm war und er sämtliche Fotos und Nachrichten gesehen hat.
Ich öffne die Homepage vom Fernbus und gebe die Daten ein.
„Der nächste Bus fährt heute Abend um acht."
„Und wann bist du dann da?"
„Um vier."

Da sehe ich den Türsteher über den Platz laufen. Er hat mich entdeckt und steuert auf mich zu. Mir wird schlecht und ich sage „Scheiße …“, weil ich spüre, wie meine Beine weich werden.
„Kennst du den?“, fragt Kath.
„Wäre übertrieben.“
„Hat der ein Problem mit dir?“
Kaths Stimme klingt seltsam wackelig.
Der Typ sieht bei Tageslicht nicht besser aus als in der Nacht. Mit wenigen Schritten ist er bei uns.
Kath drückt sich an mich. Im Augenwinkel registriere ich das Gewirr unzähliger Menschen. Aber uns wird niemand helfen, da bin ich mir sicher.
„Was willst du?“, frage ich, als er vor uns steht.
„Du warst ziemlich frech“, sagt er.
„Bin ich immer.“
„Aber nicht zu mir!“
Er ist noch immer angepisst.
Ich sage „Meine Sache!“
Kath ist ungewöhnlich still und ich würde gerade gern woanders sein. Aber irgendetwas ist mit meinen Beinen los. Sie fühlen sich wie Gummi an und reagieren nicht.
„Lass uns einfach in Ruhe“, sage ich.
Da tritt er mir auf den Fuß. Es ist der, mit dem ich gestern auf dem Boden gelandet bin. Ich sage „Arschloch!“, weil es Hölle weh tut.
„Ich kann freche Mädchen nicht leiden“, sagt er.

„Und ich schlage keine alten Männer", halte ich dagegen.
Seine Zähne sind erstaunlich weiß und der Bart sieht gepflegt aus. Trotzdem ist er abstoßend.
„Ich hab schon Dinge gemacht, von denen willst du gar nichts wissen", sagt er.
In diesem Moment fängt Kath an zu schreien. Ihre Stimme ist so schrill, dass ich den Kopf wegdrehe und „Boah, Kath!", rufe. Aber das stört sie nicht. Sie jault wie eine Sirene, und der Typ weicht einen Schritt zurück. Wir nutzen das aus, um zu verschwinden. Das heißt, Kath zerrt mich über den Platz, was mit meinem schmerzenden Fuß nicht so einfach ist. Dafür ist das Gummi aus den Beinen weg.
In der Bahnhofshalle entdecken wir zwei Männer vom Security-Service und stellen uns zu ihnen. Sie sehen erst mich, dann Kath an, ehe sie ihr Gespräch fortsetzen. Als der Türsteher in die Halle kommt, winke ich ihm zu. Doch er beachtet mich nicht und geht zu den Gleisen, rempelt ein, zwei Leute an und verschwindet durch den hinteren Ausgang, wo er uns den Mittelfinger zeigt.
„Was machst du nur, wenn ich nicht bei dir bin?", fragt Kath.
Ich schiele auf das Display ihres Handys und sage: „Sprayen …"
Zum Glück gibt es im Bus noch einen freien Platz. Ich klicke auf ‚buchen' und sage:

„Um acht bin ich weg!“

Es ist Mittag und sehr heiß. Dass mein Fuß weh tut, beachte ich nicht, denn ich denke an die Reise, und an Fak-E, und auch daran, dass mein neues Leben zum Greifen nah ist.

NEUNTES KAPITEL

FAK-E R.I.P.

Als ich aufwache, ist es kurz nach neun abends. Da die Vorhänge offen waren und die Sonne den ganzen Tag in mein Zimmer schien, ist es drückend warm und ich fühle mich ausgelaugt und fertig.

Da packt mich die Erinnerung an gestern Nacht. Blitzschnell ziehen die Bilder durch meinen Kopf. Ich sage leise „Fuck!“, drehe mich zur Seite und entdecke mein Handy neben dem Bett. Ich sehe ein paar Nachrichten von Feli. Mein Herz stolpert und beginnt zu wummern.
Ich lese:

> Danni hat mein Handy gezockt.
> Ich hab das nicht geschrieben!!!
> Bitte melde dich!
> ***12:17***

> Sollen wir uns zum Sprayen treffen? Ich bin morgen früh in Berlin. Kommst du? Bis Dienstag bin ich da.
> ***13:45***

In meiner Hand siehst du das Ticket! Und falls du mich nicht erkennst: ich bin der Zombie mit den Rändern unter den Augen – im Bus nach Berlin!
20:32

„Das ist … KRASS!“, schreie ich und muss lachen. In meinem Bauch kribbelt es und im selben Moment habe ich das Gefühl, alles ist in Ordnung.
Es geht mir gut!
Mir kann nichts mehr passieren!
Alle Sorgen haben sich in Luft aufgelöst!
All das Zeugs, das als Gefühl so wahnsinnig gut ist.
Ich verlasse mein Zimmer. Auf dem Wohnzimmertisch liegt ein Zettel.

Hallo Fabi, ich wollte dich nicht wecken. Bin mit Roland unterwegs. Essen findest du im Backofen. Schönen Abend! Paps

Ich gehe auf die Terrasse, stelle mich an die Brüstung und sehe orangfarbenes Licht über der Stadt. Wie ein Vorhang aus Samt, und dazu weht mir die laue Sommernacht um die Nase.
Das Leben ist schön.
Endlich wieder.
Es wundert mich, wie sehr mich Felis Nachrichten erleichtern.

Egal warum. Sie tun es einfach!
Und ich schreibe:

```
Ich komme! Muss erst mal einen
Zug oder so was finden. Melde mich!
```
21:12

```
Coooool!
```
21:12

Dann schreibe ich meiner Mutter:

```
Hi Ma, ich komme nach Berlin.
Bist du da?
```
21:13

Keine zehn Sekunden später ruft sie an.
„Fabian! Was ist los?!"
Ich muss lachen.
„Hallo Ma! Alles klar?"
„Ja, ja … aber warum willst du so plötzlich nach Berlin? Du hast doch Schule. Ist bei euch alles in Ordnung?"
Ich lache noch immer. Das gefällt ihr, sie lacht auch. Ich weiß, dass es ihr schwerfällt, mich so selten zu sehen.
„Ich treffe jemanden", sage ich, „und außerdem fangen nächste Woche die Sommerferien an."
Kurze Pause. Dann sie:
„Okay … und wie heißt sie?"

„Woher weißt du, dass es eine *sie* ist?“
„Ach, Fabian …“
Sie kichert.
„Also Schatz, wann bist du da? Soll ich dich abholen? Oder wie läuft das jetzt?“
„Ich muss erst mal gucken, wie ich nach Berlin komme.“
„Nimm den Flieger“, schlägt sie vor. „Um kurz nach Sieben geht der erste, dann bist du um Acht da. Machst du das?“
„Und das Ticket?“
„Das buche ich für dich.“
Ich sage: „O. k.?!“ und schreibe gleichzeitig an Feli:

> Ich bin Morgen um acht am Flughafen! Wo bist du dann?
> ***21:15***

„Bist du noch dran?“, fragt meine Mutter.
„Ja, sicher. Ich hab gerade eine Nachricht geschrieben.“
„Während wir uns unterhalten?“
Ich sage: „Mmh …“ und schreibe:

> Was macht dein Fuß?
> Wohl o. k., wenn du nach Berlin fährst?
> ***21:15***

Seit meine Mutter mit ihrem neuen Freund zusammen ist (der ja nur eine Affäre sein soll, was im Moment aber nicht stimmt, da sie ja bei ihm lebt; was dann aber später wieder stimmen wird, wenn sie zu meinem Vater zurückgekehrt ist und den Kontakt zu dem Berlin-Typen nicht abreißen lässt ...), ist sie ziemlich locker, hat mehr Geld und freut sich immer, wenn ich bei ihr bin. Vorher war sie wegen mir oft genervt und hatte Streit mit meinem Vater, weil es hinten und vorne nicht reichen würde.
Sie jetzt also als Mutter mit zukünftiger Affäre:
„Fabi, du weißt, was du tust, da bin ich mir sicher. Aber bitte schreib deinem Vater eine Nachricht, damit er nicht aus allen Wolken fällt, wenn du plötzlich weg bist."
„Ma?!", sage ich. „Ich bin schließlich nicht wie du!"
Schweigen. Aber ein lockeres. Dann sagt sie:
„Ich buch mal das Ticket, ja?"
„Danke!"
Ich schicke ihr einen Kuss durch den Weltraum, lege auf – und warte auf Felis Antwort.

Um zehn hat sie meine Nachrichten noch nicht gelesen. Ich habe gerade meine Tasche gepackt, am wichtigsten sind natürlich die Dosen, mit denen ich in Berlin sprayen werde. Bei dem Gedanken, mit Feli durch Berlin zu laufen, be-

komme ich ernsthaft gute Laune. Sie ist cool und sie riecht gut. Und vor allem ist dieser Scheiß nicht von ihr, der mich in den letzten Stunden – warum auch immer – so fertig gemacht hat.
Ich sehe mir ihr Foto zum zigsten Mal an. Ihr Blick ist ganz anders als durch Dannis Schablone. Sie lächelt, und zugleich wirkt sie irgendwie verletzt und scheu. Ihr Gesicht spricht zu mir. Es erzählt mir tausend kleine Geheimnisse, die ich alle lüften will.
Ich wähle ihre Nummer, aber die Mailbox springt an. Ich sage:
„Hey, Feli, ich bin morgen früh um acht in Berlin. Schreib mal, wo ich dich treffen kann. Schlaf gut!"
Dann hole ich mir eine Cola und lege mich auf das Terrassen-Sofa. Es dämmert, aber der Himmel über der Stadt ist noch hell, eine Mischung aus Blau, Orange und Violett. Von mir aus muss Feli nicht mehr schreiben. Ich fliege morgen nach Berlin und werde sie dort finden. Alles kein Problem. Und dann werde ich für Karim sprayen. Zusammen mit ihr. Wir werden in Berlin sprayen. In Berlin!

#Beaaaaaliiiiiiiiiin#

FELI

Hinter mir trinken ein paar Typen Wodka aus Colaflaschen. Seit sie mich gefragt haben, ob ich mit ihnen trinken will, tue ich so, als ob ich schlafe.

Es ist 20:30 Uhr. Um vier bin ich in Berlin, noch ein paar Stunden, und zum Glück bin ich todmüde. Mein Kopf lehnt an der Fensterscheibe, da kommt mir eine Idee.
Ich hole mein Ticket raus und halte es neben mein Gesicht, mache ein Foto, das ziemlich beschissen aussieht, und schreibe:

> In meiner Hand siehst du das Ticket! Und falls du mich nicht erkennst: Ich bin der Zombie mit den Rändern unter den Augen – im Bus nach Berlin!
> ***19:32***

Die Leitplanke der Autobahn zieht an mir vorbei. Dahinter liegen die Felder in der Abendsonne, ein Traktor fährt seine Bahnen, und ich setze mir die Kopfhörer auf, um die Schwachköpfe hinter mir auszublenden.
Ich könnte ihn anrufen.
Ich lasse es aber sein.
Ich möchte ihn in Berlin treffen.
Er soll vor mir stehen, mich ansehen, und diesmal werde ich nichts denken oder tun, was alles nur versaut. Und dann fangen wir noch mal von vorne an.
Denke ich – und muss darüber wohl eingeschlafen sein. Denn das Nächste, was ich

mitbekomme, ist die Ansage des Busfahrers, dass wir gleich da sind. Ich öffne die Augen, draußen wird es schon hell, ich habe mich in meine Jacke gerollt und muss pinkeln.

Die Bus-Toilette ist in der Mitte des Busses. Ich schlüpfe rein, gähne und spritze mir Wasser ins Gesicht.

Als ich zu meinem Sitz zurücktorkele, hält der Bus gerade auf einem Busbahnhof, der von müden Leuten bevölkert ist. Und bevor mich die Wodka-Typen noch mal blöd anquatschen, ziehe ich mir die Jacke über den Kopf und warte, bis sie ausgestiegen sind.

Dann hüpfe ich raus.

Ich bin in Berlin!

Hier war ich noch nie.

Ich greife in meine Jackentasche, als mir der Fahrer meinen Rucksack hinhält und lächelt. Aber dort, wo normalerweise mein Handy sein sollte, ist jetzt nichts. Auch nicht in den anderen Fächern. Ich wühle alles fünfmal durch, da fragt mich der Fahrer:

„Alles klar bei dir?“

„Mein Handy ist weg!“, rufe ich und suche wie bescheuert weiter.

„Jetzt mal ruhig, Kleene, wo war’s denn das letzte Mal?“

„Na, hier!“

Ich zeige auf meine Jacke.

„Und?“
„Ja nix ‚und‘!“, schreie ich.

FAK-E R.i.P.

Zum Glück werde ich wach, als die Sonne aufgeht. Es ist kurz vor fünf und um sieben geht mein Flieger.
Ich springe von der Terrasse ins Wohnzimmer und drucke am Rechner meines Vaters das Ticket aus, das mir meine Mutter am Abend geschickt hat, und schreibe ihm einen kurzen Brief. Dann dusche ich und werfe mir die Tasche über die Schulter.
Auf dem Weg zum Flughafen und während der Wartezeit vor'm Check-In lese ich Felis Profil und sehe immer wieder den gleichen Status: ‚zul. online gestern um 20:33‘.
Wenn ich ihr Foto vergrößere, kann ich auf dem Ticket sehen, dass sie seit zwei Stunden in Berlin sein muss.
Ich mache ein Foto, als ich durch den Check-In gehe, und noch eins, als ich im Flieger sitze und in die Morgensonne blinzele. Wenig später schießt die Maschine übers Rollfeld und ich schicke ihr die beiden Fotos, bevor der Empfang abbricht. Dazu schreibe ich:

`Coming!`

Ich sehe, wie die Häuser zu Legosteinen schrumpfen, ordentlich am Boden verteilt und nur gelegentlich von Straßen, Feldern und Wäldern unterbrochen. Ich lehne mich zurück und setze die Kopfhörer auf.

FELI

Ich heule vor Wut. Der Fahrer hat zweimal den ganzen Bus durchsucht, doch ich bin sicher, dass die Wodka-Typen mein Handy gezockt haben.

„Wie asi kann man eigentlich sein?!“, frage ich mich.

Ich stehe am Bahnhof und weiß nicht, was ich machen soll. Der Fahrer hat mir sein Handy geliehen und ich telefoniere mit Kath, deren Festnetznummer ich gerade noch so zusammenkriege.

„Soll ich Olga anrufen?“

„Ja, bitte!“

„Und wie Fak-E heißt, weißt du nicht?“

„Nein!“

„Und jetzt?“, fragt sie.

Ich mache „Pff …“ und lasse den Blick über den Platz schweifen.

„Kauf dir ein Handy mit Karte“, sagt Kath.

Ein Schreck durchfährt mich.

Ich öffne meine Tasche und suche mein Portemonnaie.

„Boah, ich dachte schon …“, sage ich erleichtert

und halte es in der Hand. Die zwei 50'er sind da, wo sie sein sollen.
„Ich muss dem Fahrer das Handy zurückgeben."
Und bevor ich auflege, sagt Kath:
„Hast du auch meine Handynummer im Kopf?"
„Scheiße, nein ...", sage ich und krame nach einem Stift.
Kath diktiert mir ihre Nummer, wir geben uns durchs Telefon einen Kuss, dann gebe ich dem Fahrer sein Handy zurück.
„Danke."
„Und jetzt?", fragt er.
„Was essen", sage ich.
„Viel Glück, Mädchen!"
Er steigt in den Bus.
Ich laufe über den Platz, betrete den Bahnhof und kaufe mir ein Wasser und Brötchen. Es ist halb sechs.

FAK-3 R.i.P.

Die Maschine setzt auf und ich schaue aufs Handy. Feli hat die Nachrichten nicht gelesen. Mit einem Mal ist das flaue Gefühl zurück. Ich verstehe nicht, warum sie meine Nachrichten ignoriert.
Mit der Bahn fahre ich in die Stadt. Das schreibe ich ihr, obwohl mir das allmählich überflüssig vorkommt.

Da vibriert es in meiner Hosentasche.
Ich zerre das Handy raus.
Es ist meine Mutter.
„Bist du gut gelandet?", fragt sie.
„Ja ... bin ich."
„Und wohin fährst du jetzt?"
„In die Stadt."
„Wann kommst du?", fragt sie.
Ich schaue aus dem Fenster. Überall sind gesprayte Bilder. Irgendwie besser als bei uns. Größer, bunter, mutiger. Einfach cooler.
„Später ...", sage ich.
„Fabian?"
„Ma?"
„Alles klar?"
„Ja ...", lüge ich.
„Soll ich für heute Abend Essen machen?"
Ich atme tief ein. Dann sage ich:
„Ich melde mich noch mal, ja?"

```
Ich bin am Bahnhof. Später gehe
ich in die Stadt. Sag mal, wo du
bist!
```
8:53

FELI

Ich hab keine Ahnung, wo ich bin. Gerade war ich in einem Hinterhof, von dem ich in einen zweiten und von dort in einen dritten Hof kam. Überall Fenster und kleine Balkone. Auf der anderen Seite ging es wieder raus, und jetzt bin ich in einer Art Markthalle, wo es alles Mögliche zu kaufen gibt, vor allem Essen. An einem Stand ganz hinten habe ich ein Buch über Street-Art gefunden. Wenn ich mir die Fotos ansehe, werde ich neidisch.

Ich glaube, ich könnte wochenlang so rumlaufen und es würde niemanden interessieren, wer ich bin und was ich mache.

Hinter der Markthalle ist eine Kirche. Daneben spielen Kinder. Eines hat mich entdeckt und rennt auf mich zu, stellt sich vor mich hin und sieht mich eine Weile an. Dann dreht es sich um und geht zu den anderen zurück. Völlig sinnlos.

Ich gehe weiter und komme zu einem Park, neben dem eine S-Bahnstation ist. Mehrere Punks sitzen davor und trinken Bier. In diesem Moment muss ich an Kath denken.

Ich höre sie vielmehr.

‚Was machst du nur, wenn ich nicht bei dir bin?'

Das hat sie gestern zu mir gesagt, als wir am Bahnhof waren und der Türsteher an uns vorbeilief.

Und ich habe geantwortet:

‚Sprayen!'

Wenig später habe ich den Umriss der linken Herzhälfte mit dem Riss auf die Wand neben der S-Bahn-Station gesprayt. Ich fülle das Herz mit

Rot und verschwinde im Park.
Hinter mir höre ich die Punks lachen.

FAK-E R.i.P.

,Ich bin für immer ohne ihn.'
Das ist der Satz, der mir im Kopf rumspukt. Weil es sich genauso anfühlt, nichts von Feli zu hören.
Ich sage mir:
,Du spinnst! Du kennst sie ja gar nicht! Es ist völlig übertrieben, dass du ständig an sie denkst! Es wird schon einen Grund geben, dass sie nicht schreibt. Sie ist schließlich nicht tot.'
All so'n Zeug.
Und dann denke ich:
,Und wenn sie doch tot ist? Oder die Sache mit dem gezockten Handy nur eine Lüge war und sie dich verarscht?'
Ich habe Angst, dass diese Bauchschmerzen nicht mehr aufhören.
Ich schließe die Augen und sage leise:
„Ich will, dass es aufhört!"
Da höre ich Karim. Er lacht. So, wie er es immer getan hat, wenn ich wegen etwas gegrübelt habe, und sagt:
,Du musst an was anderes denken, Fabi!'
Ich sitze vor'm Bahnhof. Ich bin ein Typ, der mit sich selbst spricht und sage:
„Wie soll ich das machen?"

Karim lacht.
‚Einfach nicht denken.‘
„Aber wie?“
‚Einfach nicht denken!‘
„Das kann ich nicht.“
‚Weil du Angst vor dem Jetzt hast. Deshalb denkst du ständig an gestern und morgen. Und das macht dich fertig. Hör auf damit. Konzentriere dich auf das Jetzt. Das genügt.‘
„Aber wie kann ich aufhören, an deinen Tod zu denken?“
‚Mach die Augen auf und sieh dich um. Über dem Reichstag flattern Fahnen im Wind. Menschen laufen hin und her. Zwei Reisebusse stehen am Straßenrand. Dahinter fließt die Spree. Ein Ausflugsboot fährt vorbei und verschwindet unter einer Brücke. Schau dir die Dinge an, wie sie sind. Und denke nicht nach. Mehr brauchst du nicht zu tun. Hast du mich verstanden?‘
Ich nicke und sehe mich um.

FELI

Das nächste Herz spraye ich an einen Baum im Park. Ein altes Paar bleibt stehen und sieht mich an. Weil sie eh nichts machen können, spraye ich in Ruhe weiter und verschwinde möglichst locker. Tagsüber ist der Kick noch mal so groß!

FAK-E R.i.P.

Ich laufe über die Brücke, Richtung Reichstag. Dabei sehe ich die Dinge, wie sie sind. Ich sage leise zu mir:

„Die Ampel ist rot. Autos fahren vorbei. Hinter mir ist der Hauptbahnhof. Die Glasscheiben spiegeln sich im Morgenlicht. Davor stehen ein paar Bagger. Die Ampel ist grün, ich laufe über die Straße. Die Brücke über dem Fluss ist gebogen. Ein Weg geht links ab. Dahinter ist ein großer Platz. Die Kuppel vom Reichstag ist aus Glas."

Karim hat Recht. Es klappt. Es ist das erste Mal seit Wochen, dass ich nicht an ihn denke.

Denke ich und spüre wieder die Traurigkeit über seinen Tod.

Also spreche ich weiter:

„Ein Mann trägt eine neongelbe Sicherheitsweste und winkt die vorbeifahrenden Autos zur Seite. Ein Doppeldeckerbus fährt an mir vorbei. Ich laufe über einen großen Platz. Vor dem Reichstag steht eine lange Menschenschlange. Ich nähere mich einem Eiswagen …"

FELI

Ich spraye in der S-Bahn. Der Wagen ist nicht leer, aber dort, wo ich sitze, bin ich kaum zu sehen. Das halbe Herz klebt jetzt auf dem Sitz mir gegenüber.

Ich sehe mich um, stecke die Dosen ein und bleibe einfach sitzen. Ich habe mich noch nie so frei gefühlt. Ich mache, was ich will, und alle können es sehen!

FAK-B R.i.P.

„Neben dem Reichstag beginnt ein kleiner Park. Durch die grünen Blätter sehe ich das Brandenburger Tor. Eine Straße verläuft davor in einem Halbkreis. Die Ampel springt auf Grün. Ich gehe rüber und stehe unter den hohen Säulen. Die Luft ist kühl und riecht nach Stein. Die Stimmen der Menschen hallen hier lauter als auf der Straße. Ein Tag hängt an einer Säule."
Karim hat gesprayt. Jetzt ist er tot.
Denke ich.
Und sage:
„Es ist ein schlechter Tag. Hinter dem Bogen stehen Droschken mit Pferden, die traurig aussehen, und Fahrrad-Rikschas mit schreienden Typen in kurzen Hosen und Sandalen. Eine Gruppe Männer steigt auf ein Fahrrad, dass zehn Sitze hat, die sich um einen Tisch drehen. Die Männer lachen und trinken Bier. Dahinter ist eine breite Straße mit Cafés und Geschäften. Ich drehe mich um und gehe zurück durch das Brandenburger Tor, laufe nach links und sehe nach ein paar Metern einen Platz mit vielen

grauen Betonblöcken. Ich überquere eine Straße und lese an einer Tafel vor dem Feld, dass hier ein Mahnmal für ermordete Juden ist."
Ich frage mich, was es zu einem Mahnmal macht.
Ich frage mich, warum Karim tot ist.
„Graue Säule. Ein schmaler Gang. Die nächste Säule ist höher als die erste. Ich bin in einem Labyrinth aus Säulen, die zum Teil zwei-, dreimal so hoch sind wie ich. Immer wieder biege ich ab, laufe in andere Gänge, gehe seitlich oder auch zurück. Ich laufe zwischen den grauen Säulen hin und her und erreiche schließlich das Ende des Feldes. Eine Imbissbude steht davor. Ich kaufe mir einen Hot-Dog, dazu eine Cola und setze mich auf eine Bank. Vor mir kleben Kaugummis auf dem Boden. Ausgetretene Kippen liegen überall verstreut herum. Ich beiße in den Hot-Dog, kaue, schlucke, trinke Cola, esse, trinke, schlucke, werfe den Müll weg und stehe auf, gehe über die Straße, biege ab und erreiche eine S-Bahnstation."

FELT

Die Bahn hält an und ich steige aus. Unter der Haltestelle ist eine Art Trödelmarkt, ich laufe über eine Treppe hinab und ziehe in der Unterführung meine zwei Dosen aus der Tasche. Von links und rechts kommen Menschen, aber ich spraye das halbe Herz.

Dieses wird größer als alle anderen. Ich recke mich bei der oberen Rundung und ziehe den Farbstrahl bis nach unten, berühre den Boden und spraye die Zickzacklinie wieder hoch, um das Herz zu schließen. Dann zischt das Rot in gleichmäßigen Bahnen in die vorgegebene Outline.

Als ich fertig bin, drehe ich mich um. Leute gehen weiter. Niemand kümmert sich um mich. Ich stecke die Dosen weg und verlasse die Unterführung. Ein Lichtstrahl knallt mir ins Gesicht. Zwei Männer mit Trompete und Akkordeon spielen irgendein altes Zeugs, vor ihnen steht ein Teller auf dem Boden, in dem etwas Kleingeld liegt. Ich lege ein Zweieurostück dazu, weil ich so gute Laune habe, und setze mich auf eine Bank. Die Sonne scheint. Familien laufen herum. Sie halten sich an den Händen, betrachten die Auslagen der einzelnen Stände. Ein großer Mann steckt seiner Frau einen Ring an den Finger, und sie hält sich die Hand vor den Mund und gibt ihm einen Kuss. Die beiden Kinder stehen daneben und lachen. Dann gehen sie weiter und kaufen an der nächsten Ecke ein Eis.

In diesem Moment ist alles so schön, dass ich fast vergesse, warum ich hier bin.
Aber nur fast.

Denn ich weiß, dass mein Handy gezockt wurde, und ich weiß, dass ich Fak-E in dieser riesigen Stadt niemals finden werde. Ich weiß ja nicht einmal, ob er überhaupt in Berlin ist, nach all dem, was in den letzten Stunden los war. Vielleicht glaubt er nicht, was mir passiert ist. Oder er hat nur im Scherz geschrieben, dass er mit mir in Berlin sprayen will. Vielleicht findet er mich scheiße oder zumindest nicht cool genug, um mir hierher zu folgen.
Aber irgendwie ist das egal. Denn ich bin in Berlin und spraye Herzen. Mein halbes Herz! Ich bin mir sicher, dass die andere Hälfte nachwächst. Aber das hat Zeit. Erst mal bin ich erleichtert, dass die kranke von der gesunden Hälfte abgefallen ist. Viel zu lange hatte sie mich fest im Griff.

FAK-E R.I.P.

Ich steige in die S-Bahn. Über mir hängt der Fahrplan der Stadt Berlin. Ein buntes Netz aus Linien, Rechtecken und Buchstaben. Die Bahn fährt los und ich halte mich an einer Stange fest.
An den Häusern und den Wänden neben der Bahnstrecke sehe ich Graffiti. Bei der nächsten Station steige ich aus, gehe über den Bahnsteig und blicke von oben auf ein Gewirr aus Marktständen. Die Bahn fährt mit quietschenden Rädern weiter, dann wird es wieder still.

Ich höre Stimmen, Lachen und eine seltsame Musik.
Am Ende des Bahnsteigs führt eine Treppe nach unten. Ich erreiche eine Unterführung, sehe nach rechts, doch die Musik und die vielen Stimmen kommen von links. Ich folge der Musik.
Da sehe ich das halbe Herz.

FELI

Keine Ahnung, warum ich in diesem Moment aufgestanden bin. Aber ich habe es getan.
Bin wieder zurück, vorbei an den beiden Musikern, die jetzt eine andere Melodie spielen, eine, die ich irgendwie kenne.
Ich bin weiter, zurück in die Unterführung. Ich wollte noch mal das Herz sehen, das ich vorhin gesprayt habe. Es ist das größte von allen, größer noch, als das Piece am Bahnhof.
Ich denke:
‚Ein halbes Herz mit Kraft, ist besser als ein ganzes, das krank ist.'
Da sehe ich es.
Das Herz.
Es ist ganz.
Es hat die fehlende Hälfte bekommen. Genauso rund und geschwungen und kraftvoll wie die linke Hälfte. Genauso rot und pulsierend.
Das Herz ist ganz!

Fak-E lehnt mit dem Rücken an der gegenüberliegenden Wand. Er hat eine Dose Rot in der Hand. Ich mache ein paar Schritte auf ihn zu. Und als er mich bemerkt, dreht er seinen Kopf und sieht mich an. Er lächelt.
Und auch ich kann nicht anders und sage:
„Das ist cool!"

DER AUTOR

Armin Kaster wurde am 7. Juli 1969 in Wuppertal geboren. Als Junge las er Weltliteratur, die er nicht verstand und wünschte sich, Schriftsteller zu werden. Nach exotischen Ausflügen in die Wirtschaftswissenschaft, bog er ab zur Pädagogik und danach zur Kunst und Literatur. Jetzt arbeitet und lebt er als Schriftsteller in Düsseldorf. Vor allem begeistern ihn die unkonventionellen Lebenswelten junger Menschen, die er gerne in Geschichten verwandelt.

Weitere Bücher im BVK Buch Verlag Kempen

Sabrina Schellhoff

Block 77

Felix bekommt von seiner Oma ein rotes Buch geschenkt, in dem er all seine Gedanken und Erlebnisse der nächsten Zeit festhält.
Das Leben in dem sozialen Brennpunkt ist nicht immer leicht und lässt Felix nur wenige Chancen, um wirklich glücklich zu sein.

Doch er kämpft – für seine Familie und für sich.

Taschenbuch ab 12 J., 144 S.
Best.-Nr.: LI69, EUR 6,50
ISBN 978-3-86740-405-1

Rosi Wanner

Von außen bist du nur Fassade

Tu es! Es war nur ein Gedanke, aber unmissverständlich. Lass ihn hier liegen. Alles war so still hier. Ungewohnt still. Niemand wird ihn finden.

Warum musste seine Schwester Melanie sterben? Und wer hat ihr das blutige Zeichen in die Fußsohle geritzt? Der sechzehnjährige Nico verstrickt sich in einem Gefühlschaos aus Schuldgefühlen und Rachegedanken, die er nicht einmal seinem Freund Jannis anvertraut. Als die beiden unabhängig voneinander die Hintergründe von Melanies Tod aufdecken und plötzlich Jannis' heimliche Liebe Linda vermisst wird, schmiedet jeder für sich einen zerstörerischen Plan …

Taschenbuch ab 13 J., 272 S.
Best.-Nr.: LI91, EUR 7,90
ISBN 978-3-86740-621-5